무화과나무 뿌리 앞에서

무화과나무 뿌리 앞에서
― 캄보디아에서 박정희를 보다

초판 1쇄 인쇄   2007년 10월 20일
초판 1쇄 발행   2007년 10월 30일

지은이   유재현

펴낸이   유재건
주　간   김현경
책임편집   홍원기
편　집   박순기, 주승일, 박재은, 강혜진, 임유진, 진승우
마케팅   이경훈, 김하늘
영업관리   노수준
경영지원   문현희
유통지원   고균석

본문디자인   디자인신지

펴낸곳   도서출판 그린비·등록번호 제10-425호
주소   서울시 마포구 동교동 201-18 달리빌딩 2층
전화   702-2717 · 702-4791
팩스   703-0272

책값은 뒤표지에 있습니다.
ISBN 978-89-7682-100-3 03810

그린비 출판사 나를 바꾸는 책, 세상을 바꾸는 책
홈페이지   www.greenbee.co.kr
전자우편   editor@greenbee.co.kr

무화과나무 뿌리 앞에서

유재현 지음

캄보디아에서 박정희를 보다

ㅇB
그린비

차례

Contents

머리말

한동안 박정희 시대에 대한 말들이 많았다. 말들이 무성하게 된 계기는 무덤에서 이미 흙으로 돌아간 것처럼 여겼던 박정희 시대가 불현듯 살아나 저잣거리를 활보하는 것처럼 보였기 때문일 것이다. 무엇보다 박정희의 딸과 적자(嫡子)가 현실정치에서 보여준 위력이 저간의 사정을 간단하게 설명한다.

박정희 시대에 대한 새삼스러운 찬반과 두루뭉술한 논쟁들, 독설들, 궤변들은 갑작스레 판을 치다 이윽고 유행이 지난 듯 시들해졌지만, 우리 현대사가 박정희 시대란 해묵은 숙제를 해결한 것은 아니다. 그 시대가 남긴 유산들은 기념관에 갇히는 대신 거리를 배회하고 있으며, 정신은 당대를 지배하는 물화된 힘으로 살아 있다. 민주주의, 분배, 평등과 인간에 대한 조롱, 경멸, 억압, 그리고 발전에 대한 맹목적 숭배는 박정희 시대에서 본격적으로 시작해 지금까지 가파른 발달의 외길을 걸어왔다. 군부독재의 역할은 자본이 대신하는 것으로 바뀌었다. 독재와 자본의 야합은 자본과 형식적 민주주의의 야합으로 바뀌었다. 1987년 후 20년 동안 이루어진 민주주의에 대한 실험은 박정희 시대조차 청산하지 못하고 세계화와 발전의 미명 아래 오히려 그 발달을 부추겨왔을 뿐이다.

그런데도 유행처럼 일었던 박정희 시대에 대한 논란은 허무맹랑하게도 박정희 시대의 이념적 복권을 후원하고 있었다. 독재와 경제를 분리하고 공과(功過)를 구분하는 가운데 인간은 부재했다. 역사가 응당 담아야 할 인간 존중의 가치는 이론과 숫자 속에 묻혀버렸고, 그 시대의 인간이 흘렸을 신음과 고통, 투쟁은 국민교육헌장과 국기에 대한 맹세보다도 무의미했다. 논란에 대한 공허와 기만, 염증을 떠나 그 시대의 인간이 이런 식으로 취급당한다면 이 시대의 인간 또한 달리 취급될 여지는 없다. 그렇게 우린 여전히 박정희 시대를 벗어나지 못하고 있었다.

2006년 7월에서 12월까지 캄보디아의 프놈펜에서 6개월 동안 머물 기회를 가졌을 때, 나는 훈센 독재와 그 체제 아래 살아가는 인간의 모습을 기록해보기로 결심했다. 그건 현재진행 중인 훈센 시대를 통해 박정희 시대를 살아가야 했던 인간의 생생한 모습을 볼 수 있을 것이란 기대를 바탕으로 했는데, 무엇보다 나는 박정희 시대를 옹호하거나 희미한 태도를 보이는 자들이 정치·경제적 유사 박정희 시대인 훈센의 시대에 대해서도 마찬가지 태도를 보일 수 있는지 알고 싶었다.

그 6개월 동안 나는 캄보디아의 농촌과 빈민촌, 공장, 철거 현장과 넝마촌, 창녀촌, 고무농장, 부촌 그리고 낮과 밤의 거리를 쏘다녔다. 부유한 자와 가난한 자, 권력을 쥔 자와 그 권력 앞에 쓰러져 피를 흘리는 자들을 만나고 이야기를 나눌 수 있는 기회를 얻기 위해 신경을 곤두세웠다. 1962년생 쿠데타둥이인 나는 내 기억 속에 남아 있는 인간들의 모습을 보았고, 내가 박정희 시대를 보냈던 당시에는 알 수 없었고 느낄 수 없었던 연민과 고통, 분노와 증오가 가슴 한가운데에 무시로 틀어박히는 것을 감당해야 했다. 그 참담함이란, 내 능력으로는 어떤 것들은 사진으로 담을 수 없었고 또 어떤 것들은 말과 글로도 표현할 수 없었다는 것을 고백해야겠다.

6개월이란 짧은 시간이 막장을 향해 달리고 있을 때, 처음의 생기는 어디론가 모두 탕진되어버리고 나는 턱없이 지치고 피폐했다. 우기는 건기가 되어 있었고 프놈펜의 거리에는 메마른 흙먼지들이 풀풀 날리고 있었다. 그 거리의 한 모퉁이에서 나는 몸의 수액이 모두 빠져버려 껍데기만 남은 기분으로 작별을 고했는데, 서글픈 느낌조차 들지 않았다. 만약 그곳이 마닐라였다면, 랑군이었다면, 하노이였다면 아마도 나는 그만큼 피폐할 수는 없을 것이다. 그곳은 프놈펜이었다. 의심할 바 없이 처음 나를 프놈펜으로 인도했던 것은 박정희 독재와 훈센 독재의 정치, 경제적 유사성이었다. 그러나 나를 거의 절망의 막장으로까지 밀어넣었던 것은 시간과 공간을 넘어 존재하는 '악령'의 힘이었다.

"무한한 자유로부터 시작해 나는 무한한 전제주의로 끝난다."

같은 종류의 절망과 고통은 마닐라와 랑군과 하노이 그리고 또 다른 도시에서도 비역한 숨을 내쉬고 있었다. 서울은 얼마나 다른가.

캄보디아에서
만난
1970년대 그리고
박정희

박정희 시대에 출세를 거듭한 자가 마침내 피라미드의 꼭대기를 목전에 두고 있다. 그는 입을 열고 박정희는 복화술로 말을 한다. 기괴한 일이다. 30년이 흘렀는데 죽은 자가 무덤 속에서 산 자의 입을 빌려 여전히 말을 하고 있다.

아시아와 아프리카와 라틴아메리카의 그 수많은 독재자들의 틈바구니에서 박정희가 그토록 걸출한 독재자였던가. 위대함에 있어서는 정적을 잡아와 인육을 날로 먹었다는 우간다의 이디 아민을 뛰어넘을 리도 없는데. 인간을 도륙함에 있어서는 칠레의 아우구스토 피노체트를 당할 수도 없을 텐데. 잘해봐야 필리핀의 페르디난드 마르코스쯤과 대적할 수 있었던 것이 박정희였다.

『아시아 타임즈』가 박정희의 딸인 박근혜의 인기를 전하는 기사에 이런 제목을 붙인 적이 있었다. "위대한 독재자, 살아 있고 건재하다(The Great Dictator, alive and well)." 죽은 지 30년 후에도 살아 있고 건재하다면 위대한 것이다. 이런 독재자는 세계사에 흔치 않은 법이니까.

대통령 선거를 앞두고 벌어졌던 막강 야당의 후보 선출 선거에서 박정희의

육군대장 시절의 박정희(1961.11.1).

딸이 아닌 자가 박정희의 딸을 근소하나마 앞질러 승리했다. 한때 유행처럼 부흥했던 이른바 박정희 신드롬이 시나브로 막차를 탄 징후일까? 글쎄…… 스승이 제자를 두어 후대를 예비하는 데, 첩첩산중에 유폐되었다거나 하는 비상한 경우가 아닌 다음에야 혈육을 적제(嫡弟)로 삼는 우둔한 짓은 멀리하는 법이다. 근친교배란 열성유전자밖에는 보장할 것이 없기 때문이다. 때문에 후대를 위해 천릿길이라도 헤매야 하는 법인데, 예컨대 무림의 세계가 그렇다. 사정이 여의치 않아 혈육에게 심심풀이로 무공을 전수하는 경우에도 진정한 제자는 어느 날인가 어느 곳에서 흘러들어온 까까머리가 차지하게 마련이다. 무림의 '국민교육헌장'에 명시된 철칙 조항이다. 누가 박정희의 신실한 제자인가? 이명박이다. 말석에서부터 박정희 시대의 가장 빛나는 유산 중의 하나인 재벌의 직속 수하를 지내며, 박정희식 축재와 신분 상승의 철사장(鐵沙掌)을 고루고루 익혀 오늘에 이른 이명박이야말로 박정희의 진실한 제자이며 박정희의 당대적 페르소나로 부족함이 없는 인물이다. 그 적통과 무공을 박근혜가 고작 딸이라는 이유로 눌렀다면 온 중원의 크고 작은 산맥들이 한결같이 일어서 비웃었을 것이다.

박정희의 적자 이명박이 물려받아 갈고닦은 내공은 경제라고 말을 한다. 학식이 출중하다는 학자들의 이론과 숫자들 그리고 독설도 맥을 못추니 신공은 신공이다. 박정희 시대의 절대적 다수는 헐벗고 굶주리고, 입에 재갈이 물리고, 갈취당하고 착취당하며, 심지어 남의 전쟁터에 끌려가 목숨을 잃었고 남의 나라 사막까지 기웃거리며 품을 팔아야 했다. 그런 비참한 세월을 겪으면서도 떡은 소수의 손에 돌아간 경제인데도, 바로 그 경제를 앞세운 소수의 궤변에 다수가 무릎을 꿇고 있다. 그런데, 오늘 박정희 시대의 찬미를 앞장서 선동하는 인간들을 보라. 이명박을 필두로 해서 영향력깨나 발휘한다는 인간들은 모두 그 시대에 대다수 약자의 등골을 빼고 그 단물을 빤 자들이다.

가난한 농부의 아들로 태어나 초등학생 시절부터 김밥과 풀빵, 뻥튀기 등을 팔며 고학으로 동지상고 야간부를 졸업한 이명박이 박정희에게 반성문을 제출한 후 박정희 시대에 핵심적 재벌로 성장한 현대에서 승승장구 출세의 길을 달릴 때, 똑같이 풀빵과 뻥튀기를 팔던 밤하늘의 별처럼 많은 인간들은 평생 풀빵 신세를 벗어나지 못 했다. 이명박이 현대건설에서 출세를 거듭할 때, 현대건설의

광주 · 전남 경영자총협회 금요조찬연수회에서 강연을 하고 있는 이명박
(2006.10.20).

노동자들은 삭풍이 새들어오는 함바(공사 현장의 노무자 합숙소)에서 막걸리 기운에 취해 잠을 청했고 그 기운에 돌을 날랐다. 박근혜가 손에 퐁퐁 한 번 묻히지 않고 청와대 잔디밭을 공주의 걸음으로 산책할 때, 구로공단을 비롯한 전국의 공단과 마찌꼬바(공장)에서 여공들의 손은 찢어지고 갈려나갔으며 오팔팔과 미아리와 역전의 창녀들은 생존을 위해 몸을 팔아야 했다. 그게 박정희 시대의 초상일 텐데 그 시대의 기득권 세력들이 여전히 이 사회의 기득권을 틀어쥐고 오직 힘만이 정의임을 부르짖으며 그 시대의 논리를 관철시키고 있다.

위대한 박정희는 남한뿐만 아니라 이곳저곳에 살아 있고 건재하다. 중국공산당을 훈육한 박정희에 대해 아시아, 아프리카, 라틴아메리카의 독재자들은 경의를 표하고 있다. 대개 독재자로서의 연대를 표하는 레토릭일 뿐이지만 어떤 곳에서는 학습과 모방의 기운이 움트기도 한다. 그 중 캄보디아는 동남아시아에서도 특출하게 박정희의 유훈을 실현하고 있다는 착각을 불러일으킬 만큼 적극적이다. 이건 박정희와 가장 유사해 보이는 페르디난드 마르코스의 필리핀이 정작 박정희 시대와 거리를 두고 있었던 것과, 남한과 유사한 동아시아 국가 중 하나로 보이는 대만이 사실은 적잖은 차이를 보인다는 점에서 파격적으로까지 보인다.

오랜 내전으로 봉건적 계급이 소멸된 캄보디아에 1991년 평화회담 후 1993

(왼쪽)1991년 현대건설 현장시찰에 나선 이명박. (오른쪽)1977년 현대중공업을 방문한 박정희와 박근혜. 박정희의 오른쪽이 고 정주영 당시 현대 회장이다.

년의 총선으로 인도차이나에서 처음으로 자본주의 체제가 본격적으로 도입되었고, 1997년의 훈센 쿠데타로 독재 체제가 공고화되면서 개발독재의 양상을 띠고 있는 점에서 그렇다. 원조경제에서 출발한 캄보디아의 경제는 쿠데타 후 일본, 중국 등의 원조와 차관, 외국인직접투자(FDI)의 증가, 섬유산업 중심의 경공업 분야의 급속한 발전 등으로 박정희 시대의 중기와 유사한 모습을 띠고 있다. 그렇게 박정희는 캄보디아에서 부활한 것처럼 보였다. 그러나 내가 주목하고자 했던 것은 경제 체제로서의 개발독재만은 아니었다.

2006년 7월에서 그 해 12월까지 6개월 동안 프놈펜에 머물면서, 나는 파노라마처럼 생생하게 펼쳐지고 있는 박정희 시대의 인간들을 목격할 수 있었다. 나는 무엇보다 캄보디아의 훈센 개발독재라는 부활한 박정희 시대가 풍기는 비역하고 참혹한 냄새를 통해 내 자신이 관통했고 우리 모두가 관통했던 그 시대의 벌거벗은 실체를 더듬을 수 있었다.

박정희 시대를 살아야 했던 '인간의 얼굴'과 체온이 그곳에 있었다. 덧없이 스러져가는 목숨들과 비탄의 한숨들, 어쩌면 죽음보다 끔찍한 고통과 공포가 만개하고 있는 그곳에서 나는 박정희 시대를 살아야 했던 인간들의 오직 절망으로 가득했을 비참한 삶들을 바라볼 수 있었다.

나는 비로소 이해할 수 있었다. 박정희 시대를 살아야 했던 인간들의 피와 눈물로 얼룩진 증언들을 두고 경제발전의 불가피한 희생쯤으로 치부하는 인간들의 사악함을. 그들은 이 모든 끔찍한 고통을 후대를 위한 것이었다고 말하고 발전을 위한 것이었다고 말한다. 그래서 이만큼 살게 되지 않았느냐고 천연덕스럽게 반문한다. 나는 사마귀를 떠올린다.

사마귀는 교미를 끝낸 후 경악스럽게도 암컷이 수컷의 대가리를 잘라 먹는다. 알을 품게 될 암컷에게 영양분을 공급하기 위해서이다. 후대를 위해 당대의 대가리를 먹어치우겠다는 논리는 사마귀의 논리와 다를 바 없다. 인류의 진화와 문명이 고작 번식을 위해 암컷이 수컷의 대가리를 잘라먹는 사마귀와 다를 바가 없다는 이 야만적인 발언을 접할 때마다 나는 아득하게 절망한다. 그들은 후대를 위해 당대가 지옥이 되어도 좋다고 말하는데, 정작 그 자들은 그 뜨거운 지옥의 불길 건너편 숲 속에 지어진 별장의 수영장에 몸을 담그고 시바스리갈 병을 빨고 있던 자들이다. 도대체 당대가 지옥인데 후대가 천국이 되는 그런 마술이 가능하기나 하단 말인가. 인류의 역사가 그런 마술을 부린 적이 있었던가. 수컷의 대가리를 잘라 먹은 암컷 사마귀가 낳은 알들이 부화한 새끼들 중 암컷은 다시 수컷의 대가리를 잘라 먹는다. 곤충의 논리가 발전시킬 수 있는 세계란 고작해야 곤충의 세계일 뿐이다.

한 시대의 단물을 빤 자들과 그 후예들은 그 시대의 영속을 추구한다. 기회의 시대로 호도되는 야만의 시대에 사다리 타기에 성공한 한 줌의 계급은 이윽고 지배의 아성을 공고히 구축하고 자신들을 그 자리에 이르게 한 곤충의 이념을 개발하고 발전시켜, 대다수의 입에 재갈을 채우고 눈에 검은 띠를 두르며 머리에는 전극을 꽂아 전류를 흘린다. 부(富)와 빈(貧)은 세습된다. 가난한 자들은 가난한 채로 죽을 것이며, 부유한 자들은 부유한 채로 죽을 것이다.

박정희 시대가 계속되는 이유는 청산되지 않았기 때문이다. 구시대는 마땅히 필사적으로 저항한다. 새로운 시대는 구시대를 교살한 후에야 비로소 열린다.

훈센과
박정희

방콕의 헌책방에서 우연히 훈센의 영문 전기를 발견했다. 제목은『훈센, 캄보디아에서 (가장) 힘이 센 자』(*HUN SEN Strongman of Cambodia*). 인도 출신의 저널리스트 부부가 함께 쓰고 싱가포르 소재의 출판사에서 발행한 책의 표지에는 앙코르와트와 베트남의 캄보디아 침공 후로 짐작되는 20대의 젊은 훈센이 허리에 권총을 차고 마치 서부의 총잡이처럼 서 있는 흑백 사진을 바탕으로 1990년대 말의 장군 모자를 쓴 훈센의 파안대소하고 있는 옆모습이 컬러로 인쇄되어 있었다. 때는 1999년 10월이었는데 내가 1년을 예정으로 캄보디아에 체류하기로 작정하고 이제 막 국경을 넘어가기 전날이었다. 훈센의 전기는 초판이었고 1999년을 발행일자로 하고 있었다. 아마도 발행된 직후 헌책방으로 흘러들어왔을 그 책은 좀 찝찝했지만 다른 캄보디아 관련 책자들과 함께 내 가방 한구석에 자리 잡았다.

방콕의 헌책방에서 훈센의 전기를 발견했을 때 내 머리에 떠오른 것은 1980년대 초반 언저리에 종로서적의 외서(外書) 코너에서 우연히 발견했던 군부독재자 전두환의 영문 전기였다. 그때 내 느낌은 "참 여러 가지 한다"로 요약할 수 있을 텐데 훈센의 전기를 뒤적이면서 나는 똑같은 느낌을 받았다. 자료로 필요할지 모르겠다는 생각에 전두환의 그것과는 달리 돈을 주고 구입하기는 했지만, 읽기까지 한다는 것은 만만하지 않았다. 훈센이 내준 소련제 헬리콥터를 안전을 이유로 마다하고 민항기를 탔다는 저널리스트 부부가 끄적이는 훈센에 관한 공식 기록들은 한 페이지를 넘기기도 전에 비위를 상하게 했고 곧 내던지게 만들었다.

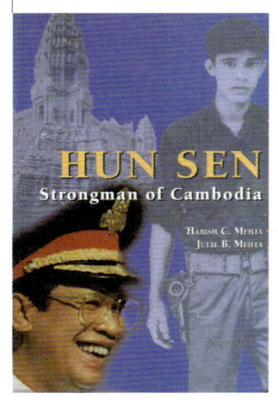

훈센 전기의 표지.

© 연합뉴스

1997년 쿠데타 당시의 훈센. 이 쿠데타로 훈센은 1인 독재권력을 완성했다.

캄보디아에서의 첫번째 체류는 계획했던 1년을 채우지 못
하고 6개월로 끝났다. 그 6개월 동안에 나는 훈센의 전기를
완독할 기회를 결국 갖지 못했다.

2006년 7월, 6개월간의 두번째 캄보디아 체류가 프놈
펜에서 시작되던 첫날, 나는 프놈펜의 한국인 슈퍼마켓에서
한글로 번역된 조악한 인쇄와 제본의 같은 책을 발견했다.
아, 그때의 복잡미묘했던 심정이라니. 3천6백 킬로미터를
사이에 둔 서울과 프놈펜의 시차가 일순간에 사라지는 느낌
이었다. 그때 내 머리를 짓누른 것은 전두환이 아니라 박정
희였다.

한국인 슈퍼마켓의 진열대 위에 놓인 한글판 훈센 전기는 프놈펜 한국인들의 선행적 지혜의 결과물이었다. 프놈펜의 한국인들은 훈센의 얼굴에서 박정희의 얼굴을 보았을 것이며 이미 그들이 경험했던 모든 일들이 다시 그 땅에서 반복될 것임을 확신했을 것이다.

1951년 혹은 1952년 생으로 알려진 훈센은 크메르루주(캄보디아공산당) 게릴라 출신이다. 민주캄푸치아 동부여단의 장교였던 훈센은 1978년 휘하의 병력을 이끌고 베트남에 투항했다. 그 뒤 쏭베에서 베트남이 조직한 캄푸치아구국전선에 참여했고, 1979년 베트남의 캄보디아 침공 시 앞장섰다. 이후 프놈펜을 점령한 베트남이 수립한 캄푸치아인민공화국의 헹삼린 괴뢰정권에서 아시아 최연소 외상이 되었고, 1985년에는 수상 자리에 올랐다. 1989년 베트남군의 철군을 전후해 열린 파리평화회담에선 베트남의 전폭적인 지원을 받으며 괴뢰정권을 대표했다. 평화협정에 따른 1993년 총선에 괴뢰정권 하의 캄푸치아인민혁명당의 후신인 캄보디아인민당(CPP)을 만들어 참여하여 시하누크가 조직했고 아들이 라나리드가 당수였던 푼신펙(FUNCIN-PEC)에 이어 2위를 차지했다. 크메르루주가 보이콧을 선언한 총선에서 유일하게 무력을 가진 세력이었으며 이를 기반으로 유엔-캄보디아과도정부(UNTAC, 운탁)의 무능한 선거 관리 속에 캄보디아 전역에서 부정선거를 획책했다. 선거 후 무력을 기반으로 연정을 성사시켰고 자신은 제2총리의 자리에 올라 권력을 분점했다. 1997년 쿠데타를 실행에 옮겨 제1총리인 라나리드를 축출한 후 권력을 독점했다. 폭압적 분위기에서 치러진 1998년 총선에서 희대의 부정선거

2006년 캄퐁치낭 지역의 농촌에서 모심기를 하고 있는 훈센 총리.

를 통해 승리했고 현재에 이르고 있다. 자타가 공인하는 철
권통치로 무소불위의 권력을 휘두르고 있으며 군부를 권력
의 기반으로 하고 있다. 스스로를 일컬어 '철권(Iron Fist)의
훈센'이라 한다.

　　이 인물에서 박정희의 그림자를 훔쳐보는 일은 별로 어
렵지 않다. 만주군관학교를 졸업한 다카키 마사오(高木正雄,
박정희)는 일본의 관동군에서 훈련을 받고 만주군에 부역했
다. 해방 후 끈 떨어진 박정희는 1945년 미군정 국방경비대
에 입대한 후, 1947년 남로당에 입당했다. 여순반란 후 숙군

의 와중에 체포되자 주저 없이 전향한 박정희는 조직의 모든 정보를 제공한 공로로 목숨을 건질 수 있었다. 그런 박정희의 사상이란 오직 권력과 출세를 향한 탐욕을 원천으로 하고 있을 뿐이었다. 박정희 유의 인간들에게 이념이나 신념, 사상은 두루마리 휴지와 티슈의 차이에 지나지 않는다.

크메르루주 게릴라에서 베트남의 괴뢰정권 수상에 이르기까지, 그리고 자본주의 국가의 독재자가 되기까지 훈센이 이념에 대해서 진지하게 고민한 흔적은 단 한 줄도 남아 있지 않다. 다만 1993년 총선 와중의 대중집회에서 내뱉은 훈센의 발언이 전해진다.

"훈센(나)은 누구인가? 어떤 사람들은 베트남의 꼭두각시라고 말하고 다른 사람들은 크메르루주라고 말한다. …… 공산주의의 본산인 모스크바의 공산주의자들은 훈센을 자유주의자라고 불렀다. 자유주의의 본산인 프랑스에서는 훈센을 공산주의자라고 한다. 누가 뭐라고 해도 훈센은 캄보디아 사람이다. 훈센은 캄보디아식으로 행동한다. 오직 캄보디아 사람만이 훈센을 우두머리로 만들 수 있다."

모내기를 하는 박정희. 모내기철이나 추수철이면 박정희가 논에 나가 일하는 모습이 수시로 언론에 보도되곤 했다.

이념적 정신분열과 변절, 배신의 극단이 안착하는 지점이 흥미롭다. 캄보디아 사람, 캄보디아식이다. 일찍이 박정희의 민족주의, 한국적 민주주의가 그 길을 걷지 않았던가.

바로 그 캄보디아 사람 훈센이 늘 자랑스럽게 강조하는 것이 자신이 빈한한 농민 출신이라는 것이다. 남한 사람 박정희도 마찬가지였다. 심지어는 같은 남한 사람 이명박

도 가난한 집 출신이라는 걸 입버릇처럼 주워섬긴다. 빈한
한 농민 출신이 불명예스러울 것이야 없다. 그런데 가난한
집 자식이, 빈한한 농민 출신이 부와 권력을 손에 넣은 후
자신의 출신인 빈한한 농민과 가난한 사람들을 쥐 잡듯 때
려잡거나 무능한 잡것으로 취급하는 행태는 어느 정신병
원의 문화인가.

　나는 지금도 밀짚모자를 뒤집어 쓴 박정희가 모내기철
이나 추수철에 습관적으로 바짓가랑이를 걷어붙이고 논바
닥에 들어가던 모습을 기억한다. 농민들과 막걸리를 주고받
았던 것도 기억한다. 신문이나 텔레비전에 지겹도록 등장했
으니까. 혹시 추억의 그 장면이 문득 그리운 사람들은 훈센
의 나라에 오시거나 훈센의 나라에서 발행되는 신문을 구해
보시라.

사쿠라와 체육관

1997년 쿠데타 전날 미리 귀띔을 받고 파리로 몸을 피한 푼신펙의 당수이자 제1총리였던 라나리드는 1998년 3월 훈센의 군사법정에서 궐석재판으로 불법 무기 밀수 혐의가 인정되어 5년형을 선고받았다. 사실 이 재판은 같은 해 7월로 예정된 총선에 라나리드를 참여시키기 위한 계획의 일환으로 일본이 중재에 나섰다.

(「CNN월드뉴스」, 1998년 3월 4일)

전 푼신펙 당수 라나리드(1994).

이면의 합의에 따라 라나리드의 아버지인 국왕 시하누크는 굴욕적으로 훈센에게 사면을 요청했고, 훈센은 이를 받아들였다. 1998년 7월의 선거는 훈센 인민당의 압승이었다. 말하자면 막걸리, 고무신 표에 정치 테러까지 난무한 선거였다. 막바지에 돌아온 라나리드도 별 성과 없이 훈센의 들러리만 설 수 있었다.

그후 훈센은 라나리드의 푼신펙에게 정치적인 떡고물을 분배했다. 딱히 정통성이라고 찾을 구석이 없었으니 왕정주의자들을 제한적으로나마 끌어들이는 것이 필요했다. 연정의 형식을 취하고 장관 자리 몇 개를 푼신펙에게 넘겼다. 지자체 선거도 실시해 푼신펙이 승리한 곳에서는 푼신펙이 자리를 꿰차게 했다. 남한에서 박정희는 이런 식으로는 하지 않았지만, 중앙정보부를 동원해 낮에는 야당, 밤에는 여당 식의 사쿠라들을 육성한 것은 널리 알려진 사실이다. 사쿠라들은 사쿠라들대로 얼마간의 권력을 손에 쥐고 치부에 나섰다. 어쨌든 박정희처럼 훈센도 사쿠라가 필요했다.

독재는 정치를 절대적으로 타락시키고 무용지물로 만든다. 푼신펙에서 소소하나마 권력을 쥐게 된 인간들은 인민당 못지않게 부정과 부패에 탐닉했다. 결국은 모두 한 패거리들이었지만 여하튼 권력을 두고 다투는 품새를 취하기는 했다.

캄보디아의 정치 지형에서 라나리드는 박정희 시대의 김대중이나 김영삼과 흡사한 위상을 차지하고 있었다. 국왕인 시하누크의 후광을 가진 라나리드의 대중적 영향력은 무시할 수 없었고, 훈센과 대적하고 있는 유일한 거물이었다.

2006년에 접어들면서 캄보디아의 신문들은 훈센이 라나리드를 대하는 꼴이 예전 같지 않음을 시사하는 뉴스들을 심심찮게 전했다. 9월 17일 캄퐁치낭의 농촌 순시에 나선 훈센은 모내기로 생색을 마친 후 2시간의 연설에서 푼신펙의 라나리드를 향해 독설을 퍼부었다. 훈센은 라나리드를 향해 "관을 마련하라"

크메르루주 사람들을 만난 훈센(1996).

고 질타했고, 푼신펙에 대해서는 라나리드의 축출을 노골적으로 주문했다. 훈센의 연설은 즉효를 거두었다. 10월이 되자 라나리드는 푼신펙에서 쫓겨났다. 거사를 도모한 것은 훈센의 사주를 받은 당 사무총장인 닉 분 치하이인데 드물게 군부 출신으로 훈센의 인민당과 밀접한 관계를 갖고 있는 인물이다. 당 총회에서 라나리드를 축출한 닉 분 치하이는 라나리드의 처남인 주독일 캄보디아 대사인 커 부쓰 라스메이(Keo Puth Rasmey)를 당수로 추대하는 뻔새를 취했다. 라나리드의 축출은 훈센이 공공연하게 주장하던 것이었는데 이건 더 이상 라나리드 따위는 필요 없다는 훈센의 자신감을 반영하는 것이었다. 그 자신감은 곧 증명되었다.

2007년 4월의 하급지자체 선거에서, 훈센의 인민당은 1,591개 선거구에서 지자체의 장을 손에 쥐었다. 이른바 제1야당이란 푼신펙의 2개, 또 다른 야당인 삼랑시 당의 28개 선거구에서의 승리와 비교할 수 없는 압도적인 승리였다. 1997년 쿠데타로 철권통치자의 자리에 오른 지 10년 만에 거둔 훈센의 성취이다. 2008년의 총선 또한 이 결과와 크게 다를 바가 없을 것이다. 지난 10년 동안 특히 농촌에서는 인민당을 뽑지 않으면 그나마 국물도 없다는 반복 학습을 받아왔다. 권력과 부가 인민당의 떨거지들에게 집중되는 가운데, 하다못해 유엔 구호품이라도 얻고 우기에 무너진 길이라도 보수하려면 인민당에게 표를. 땅에 떨어진 떡고물이라도 주워 먹으려면 인민당에게 표를. 얻어터지지 않으려면 인민당에게 표를. 밤길 맘 편하게 다니려면 인민당 당원증을. 출세를 도모하려면 악착같이 인민당으로. 야당이라고 해봐야 별로 다를 것도 없으므로 인민당에게. 그렇게 10년 만에 훈센의 인민당은 박정희의 공화당이 되었고, 마침내 캄보디아를 박정희의 체육관으로 만든 다음 민주주의의 화신이 되었다.

독재가 10년을 버티면 이쯤에 도달한다. 10년 독재 끝인 1972년 11월 유신헌법을 국민투표에 붙여 유권자의 91.9%라는 기록적인 투표율에 91.5%라는 역시 기록적인 찬성으로 통과시키고, 12월 15일에는 유신헌법에 따라 통일주체국민회의 대의원 선거, 12월 23일 체

국방 장관 시절의 닉 분 치하이.

장충체육관에서 대통령 선거를 하고 있는 통일주체국민회의 대의원들(1972.12.23)

육관 선거로 이어지는 일사천리식 대통령 선거에서 박정희
는 단일후보로 출마하시어 재적 2,359명 중 찬성 2,357표
(무효 2표)를 기록했다. 무효로 처리된 표도 찬성이었을 테
니 100% 지지로 대통령에 당선된 셈이다.

　훈센과 박정희 둘 중 누가 더 위대한가?

원조 援助 그리고 부패

내전이 끝난 후 캄보디아에서 일본이 점한 위치는 간단하지 않았다. 그것은 1991년 파리평화협정 뒤 구성된 유엔-캄보디아과도정부(UNTAC)의 수반이 일본인인 아카시 아스시(明石康)였다는 점에 그치지 않는다. 일본은 당시 단일국으로는 최고 금액인 1억 9천만 달러를 투척해 운탁을 지원했고, 600명의 자위대 병력을 평화유지군으로 캄보디아에 파병했다. 이 파병은 2차대전 후 일본 자위대 최초의 해외파병으로 기록된다.

일본은 캄보디아의 1위 원조국이다. 공식적으로 밝혀진 원조금액은 1992~2006년 동안 1,748억 엔(15억 달러)이다. 이 가운데 160억 엔만이 차관이고 나머지는 무상 원조이다. 시장 개방 초기의 집중적인 무상 원조는 일본만이 가진 동남아 시장 확보의 노하우이다. 신규로 개척할 시장이랄 것이 마땅하지 않았던 1990년대에, 이제 막 문이 열린 캄보디아는 일본으로서는 마땅히 관심을 둘 만한 신규 시장이었다.

박정희의 군사쿠데타 이후 일본은 남한이란 새로운 시장을 얻을 수 있는 절호의 기회를 얻을 수 있었다. 박정희는 5억 달러의 유무상 차관을 손에 쥐고 시장을 건넸다. 이른바 박정희의 조국근대화 프로젝트의 종자돈이다. 이 금액의 부당성에 대해서는 널리 알려진 사실이므로 다시 언급할 필요가 없겠다. 그러나 이런 원조가 어떤 결과를 낳는지에 대해서는 주목할 필요가 있다.

캄보디아로 쏟아져 들어가는 일본과 중국, 유럽의 무상

1962년 박정희의 특사인 김종필(왼쪽)은 일본 외상 오히라(오른쪽)와 굴욕적 한일협정의 기초를 닦았다.

원조는 모두 훈센 독재정권의 일용할 양식이다. 예컨대 50%가 해외 원조금으로 충당되는 캄보디아 정부 예산은 60~70% 이상이 집권층의 호주머니 속으로 사라지고 있다. 이 불가사리들은 무상 원조뿐 아니라 당대나 후대가 갚아야 할 유상 차관도 가리지 않는다. 2006년 6월 세계은행은 캄보디아에서 진행되고 있는 일곱 개의 프로젝트 중 6,400만 달러 규모인 3건을 중단하고 이미 종료된 4건의 1,109만 달러에 대해 배상을 요구하겠다고 발표했다. 프로젝트와 관련된 43건의 계약이 부정하게 이루어졌다는 이유를 들었다. 이건 물론 빙산의 일각이었다. 훈센은 꺼딱도 하지 않았고 오히려 증거를 내놓으라고 큰소리를 쳤다.

천문학적인 원조 금액을 쏟아 붓고 있는 일본과 중국, 유럽은 지금까지 단 한 번도 이런 종류의 문제 제기를 한 적이 없다. 실질적으로 독재정권을 지원하고 있다는 걸 모를 리도 없다. 짜고 치는 고스톱이다. 집권층의 호주머니로 흘러들어간 돈은 흥청망청 지출되기도 하지만 독재정권을 유지하는 통치 비용으로도 쓰인다. 일본과 중국이 앞으로 본전에 고리를 더해 되찾아가리란 것은 두말할 나위가 없고, 그 비용을 지출해야 하는 것은 훈센과 그 떨거지들이 아니라 떡고물조차 구경해보지 못한 캄보디아 국민들이다.

1962년 8월 새나라자동차 준공식에서의 박정희. 박정희는 쿠데타 직후 새나라자동차사건, 워커힐사건, 빠찡꼬사건, 증권파동사건으로 군부독재의 부패 시대를 열었다.

박정희? 세상의 모든 독재정권들이 크게 작게 이런 식으로 유지되어 왔고 또 유지되고 있다는 사실에 별 이의를 제기하지 않는 사람들이 왜 박정희에 대해서는 핏대를 올리고 그렇지 않다고 말하는지 이해한다는 것은 불가능에 가깝다. 박정희 시대의 부정부패는 시스템으로 고착된 전형적인 독재정권 하의 부정부패였다. 박정희 시대는 초기부터 삼분사건이며 4대 의혹으로 더럽기 짝이 없었다. 이런 부정과 부패를 통해 독재정권 하의 집권 세력은 뇌물로, 기업은 이권으로 배를 불리며 성장했다.

훈센 독재도 그렇다. 원조금을 착복하는 단계에서 벗어나 국내와 국외 기업에게 이권을 보장하고 거액의 뇌물을 일상적으로 받아 배를 불리고 있다. 덕분에 대다수 캄보디아인들이 각혈을 토하고 있다. 독재는 무엇보다 경제적으로 민중의 적이다. 흘러들어오거나 생산된 부를 극단적으로 독점시킴으로써 대다수의 고통을 배증시킨다. 부정과 부패의 정도와 민중의 고통은 정확하게 반비례한다.

　오늘 훈센 독재정권의 부정과 부패를 찬성하고 찬양할 수 있는 자들만이 박정희 독재를 찬양할 자격을 갖고 있을 것이다. 캄보디아 사람 훈센을 무시하지 말기 바란다. 남한 사람 박정희를 국화빵처럼 닮은 인물이다. 훈센이 남한을 좋아하는 이유에 대해서도 나름대로 곰곰이 생각해보시기 바란다. 당신이 훈센이라면 박정희가 살아 있고 건재한 그 나라를 사랑하지 않고 배길 이유를 발견할 수 있겠는가?

성냥팔이 소녀

아주 오래전 어릴 적, 안데르센의 『성냥팔이 소녀』를 읽고 난 후 성냥팔이 소녀가 "성냥 사세요, 성냥 사세요"하며 쫓아다니는 몹시도 나쁜 꿈에 시달렸던 기억이 난다. 혹독한 추위 속에 팔던 성냥을 켜대며 환상을 보다 결국은 얼어 죽는 빈민 소녀의 불행이 그렇게 으스스하게 꿈속으로 배어들었을 것이다.

안데르센이 일터인 코펜하겐의 극장 앞에서 타다 남은 성냥개비를 두 손에 쥐고 얼어 죽은 소녀를 본 후 썼다는 『성냥팔이 소녀』는 그렇게 비참하게 죽어야 했던 어린 소녀에 대한 위령(慰靈)이었다. 그러나 덴마크 글쟁이가 마지막에 덧붙인 이 글은 얼마나 부아가 치미는 일인지.

"사람들은 안타까워 저마다 한마디씩 했다. 그들 중 누구도 어제 저녁 소녀가 얼마나 아름다운 것들을 보았는지 알지 못 했다."

혹한의 거리에서 얼어 죽어가는 소녀에게 몽롱하게 죽도록 히로뽕이라도 적선하란 말인가.

학교에서 쫓겨나는 아이들

9년의 의무교육을 실시하는 데에 건국 이후 2004년이 될 때까지 56년이 걸린 나라. 대한민국이다.

이게 의미하는 바는 교육이 부모들의 등골에 금을 내왔다는 것이다. 이 빛나는 전통은 이어지고 이어져 남한은 교육비의 민간 지출이 2.7%로 오이시디(OECD) 국가 평균인 1.1%의 2.5배에 달한다. 남한 특유로 발달한 고도의 경쟁 체제는 교육에도 그대로 반영되어 학부모들에게 살인적인 교육비 지출을 감당하도록 하는데, 교육의 양극화란 가난한 자들이 마침내 교육을 포기하는 현상을 말한다. 이제 수억 원을 처들여야 자식들에게 겨우 중산층 언저리를 구경시켜줄 수 있고, 무제한의 교육비를 감당할 수 있어야 상류층에 머무를 수 있다.

이 끔찍한 교육이 출발한 지점이 박정희 시대였다. 산업화에 박차를 가하면서 자본이 필요한 노동력을 공급하기 위해 취학률은 끌어올리면서도 비용에는 뒷짐을 졌다. 등록금은 하늘로 치솟았고 학부모들은 심지어 박봉의 선생들에게 촌지까지 부담해야 했다. 경쟁 이데올로기의 강화가 국민들에게 알아서 호주머니를 열도록 하는 열쇠였다. 학교는 학교가 아니라 격투기판이었다. 박정희 시대의 학교는 바야흐로 자본주의의 본 궤도에 오르기 시작한 남한에서 아직은 불분명한 계급과 계층을 나누는 선별대였다.

그 시대에 논 팔고 소 팔아 서울의 명문 대학에 입학하여 판검사가 되었다는 성공 신화들이 전해졌다. 그도 아니면 이명박처럼 고학을 해 경제계의 거물이 되었다는 신화도 한 편에 버젓이 자리를 잡는다. 그럼 팔 논도 없고 소도 없

는 집안의 자식은? 이명박처럼 탐욕스럽지 못하고 독하지
못 했던 인간은? 논도 팔고 소도 팔고 탐욕도 부렸지만 결
국 낙오한 인간들은?

여러분, 놀랍게도 캄보디아는 헌법에 9년의 무상 의무
교육을 명시하고 있는 국가이다. 자기들이 생각해도 이게
좀 웃기는 일인지 한 국제회의에 참석한 문교부 차관이란
작자는 헌법 조항을 감히 교정하기를 "무상이지만 의무는
아니다" 라고 했다. 점입가경이랄밖에.

캄보디아도 교육열은 남다르지 않아 초등학교 취학률
은 2003년 현재 84%에 달하고 있다. 그런데 중학교 취학률
은 17%로 급전직하한다. 여전히 무상 교육 기간인데 이게
웬 마술일까. 초등학교에 들어간 아이들 중 50% 이상은 졸
업에 이르지 못하는 것이 비결이다. 가까스로 중학교에 입
학했어도 65.5%는 또 졸업하지 못한다. 퍽도 공부하길 싫
어하는 모양이라고 생각하지 말기 바란다. 독재정권이 교육
비용에 대해 안면몰수하는 가운데 월급 40달러의 선생들은
수업 시간에 아이들에게 200리엘 씩을 거두는 것에 그치지
않고 과외라는 명목으로 또 학부모들의 호주머니를 턴다.
돈이 없어 과외를 받지 않으면? 낙제를 거듭하다 퇴학의 길
에 이른다.

이게 독재 하의 교육 시스템이 자리를 잡아가는 방식이
다. 힘으로 누른 후 논을 팔건, 소를 팔건, 김밥을 팔건 내버
려두면 알아서 학교가 경쟁이라는 이름 아래 계급을 나눈
다. 시간이 지나면 소수의 귀족과 다수의 천민이 교육 시스
템을 통해 정갈하게 정리된다.

경제발전

2006년 캄보디아는 10.4%의 경제성장률을 기록했다. 전 해인 2005년에는 13.4%라는 경이적인 성장률을 기록하기도 했다. 중국을 제외한다면 아시아에서 가장 높은 경제성장률이다(박정희 시대의 평균 경제성장률은 8.5%).

캄보디아의 위력적인 경제성장은 쿠데타 이후에 빛을 발했다. 경제성장의 원동력은 원조, 차관과 주로 경공업 분야의 외국인직접투자(FDI)여서 박정희 시대의 한국과 그 성격도 비슷하다. 2006년 한 해에 캄보디아로 쏟아져 들어온 직접투자는 23억 3,400만 달러에 달했다. 주력 제조업인 봉제는 저렴한 인건비를 무기로 290여 개의 공장에 32만 명의 노동자를 고용하고 있다. 이밖에 관광과 건설, 부동산 투기가 급속한 경제성장을 부추기고 있다.

그 결과는 눈으로도 확인할 수 있다. 프놈펜의 도로는 렉서스와 랜드크루저, 벤츠로 북적인다. 백화점이 들어섰고 모니봉 거리의 가구점에는 세련된 디자인의 고가 가구들이 그득하다. 매달 수 있는 곳에는 온통 보석을 매단 유한마담들이 홍콩이나 방콕으로 쇼핑을 떠나고, 해가 지면 프놈펜 구석구석에는 유흥업소의 붉은 네온이 꺼질 줄 모른다. 프놈펜은 부의 고랑을 타고 젖 대신 달러가 물처럼 흐르는 소돔이 되었다.

조금만, 아주 조금만 애정을 가진다면 당신은 이 천국이 다수의 인간들에게는 간신히 목숨을 부지하는 지옥이라는 것을 알 수 있을 것이다. 농촌에서 올라온 여공들은 40달러를 받아 35달러를 고향으로 보내고 5달러로 생활한다. 부엌도 없는 1평 남짓의 방에 4~5명이 살며 마당에 화덕을 놓

고 밥을 짓는다. 도시의 아이들은 거리에서 페트병을 줍고
근교의 벽돌 공장에서 벽돌을 나르며, 농촌에서는 피를 뽑
고 쓰레기 하치장에서 넝마를 줍고 있다. 병원과 학교는 오
직 돈 있는 자들에게만 친절을 베풀며, 힘 있는 자들은 자본
의 뇌물을 받고 권력을 휘둘러 도시의 빈민촌에서 빈민들을
몰아내고 있다. 학교에서 가난한 집의 아이들은 돈이 없어
초등학교에서조차 쫓겨나고 있다. 십대의 여자 아이들은 몸
을 팔아 가족들을 부양하고 있다.

　당신이 조금, 아주 조금만 관심을 기울인다면 이 급속한
경제성장의 떡고물을 아주 조금만 가난한 자들에게 나누어
도 그들을 인간 이하의 지옥에서 구원할 수 있으리란 것을
알 수 있을 것이다.

　당신이 아주 조금만 정의롭게 사고한다면, 이 지옥을 만
든 자들을 결코 용서할 수 없음을 깨닫게 될 것이다.

　천 년이 지난다고 해도.

　만 년이 지난다고 해도.

(왼쪽)프놈펜 외곽의 유원지에서 한 어린아
이가 위락객이 버릴 깡통을 기다리고 있다.

아버지의 이름으로

고위 공무원의 아들을 만났다. 아버지의 월급은 100달러가 조금 넘었다. 아버지는 프놈펜 시내에 두 개의 호텔과 도심의 공휴지, 고가의 주택을 두 채나 소유하고 있었다. 아들은 아버지가 준 렉서스 SUV를 타고 다녔다. 밤마다 그는 렉서스에 여자아이들을 태우고 나이트클럽에 다녔다.

어쩌다 만유인력에 관한 이야기가 나왔다. 녀석은 사과가 땅으로 떨어진다는 게 뭘 의미하는지를 도통 이해하지 못했다.

"공부 좀 해라."

나는 그 녀석에게 충고삼아 한마디를 던졌다.

"그걸 뭣하러 해요?"

놈이 눈을 동그랗게 뜨고 반문했다. 무슨 재주로 얻었는지 이미 대학 졸업장까지 가진 녀석이었다. 내가 다시 물었다.

"그럼 뭐가 중요하냐?"

"돈이지요."

간단하고 솔직한 대답이 돌아왔다. 너무 솔직해서 내가 눈물이 날 정도였다.

"보세요. 돈 없는 놈들을 보세요. 어떻게 사는지. 저게 인간이에요? 난 죽어도 저렇게 못 살아요."

그 놈이 주절거리는 말을 참다 못해 내가 역정을 내며 물었다.

"네 아버지가 그렇게 가르치던."

"그럼요."

그 아버지의 빽으로 녀석은 외국 대학의 장학생 자리를 얻어 내가 프놈펜을 떠나기 전에 먼저 프놈펜을 떠났다.

(왼쪽)프놈펜의 부촌인 툴쿡. 어느 부잣집 앞에서 벌어지는 혼인 행사.

043

장인의
이름으로

지자체의 고위 공무원이었던 자의 딸
과 근자에 결혼한 녀석을 알고 있다.
녀석의 장인은 예산을 주무르는 기막
힌 그 자리에 오르기 위해 큰 돈과 노력을 들였다. 덕택에 자
리를 차고 있는 동안 랜드크루저를 두 대나 샀고, 부촌에 집
을 한 채 장만했으며, 아들 둘을 모두 유럽에 유학을 보냈다.

별 볼일 없는 이 녀석이 그의 딸과 결혼할 수 있었던 것
은 순전히 그가 하루아침에 몰락했기 때문이었다. 그가 바친
돈이 성에 차지 않았던 실세는 2년 만에 더 많은 돈을 받고
그 자리를 다른 자에게 팔았다. 그게 1년 전의 일이었다. 그
는 쫓겨나지는 않았지만 한직 중의 한직으로 밀려났는데, 권
토중래 중이라지만 역부족이라 한다.

"그래서 요즘은 어떻게 지내고 있나?"

나는 녀석에게 장인의 근황을 물었다. 녀석은 이빨을 드
러내고 웃으며 말했다.

"요즘은 모또 타고 다녀요."

"모또를? 랜드크루저는 어쩌고?"

"두 대 모두 팔아서 처남들 학비로 보냈다고 하더군요."

남의 불행을 드러내고 유쾌해할 일은 아니니 녀석과 나
는 어금니를 다물고 웃었다.

부정부패의 초기에는 이렇게 신분 상승의 기회를 얻거
나 빼앗긴다. 그런데 이건 마치 태엽이 감기지 않은 시계불
알의 진자(振子) 운동과도 같다. 처음에 힘을 주어 생기는
진폭은 시간이 지날수록 줄어들고 마침내 정지한다. 바야흐
로 태어나기도 전에 요람에서 무덤까지 팔자가 정해진다.

(왼쪽)톨콕에서의 혼인 행사.

벽돌

집을 지으려면 벽돌이 필요하다. 아열대 기후인 캄보디아의 조적식 건물에 사용되는 벽돌들은 비교적 두께가 얇고 빈 공간이 많은 편이다. 벽돌은 전형적인 내수품목이다. 단가는 낮지만 부피가 크고 무겁기 때문에 수입으로는 채산이 맞지 않는다. 때문에 기와를 비롯해 어지간한 건축자재들을 모두 수입하는 캄보디아에서도 벽돌은 스스로 생산한다.

건설과 부동산 투기의 바람이 불면서 우후죽순으로 벽돌 공장들이 도시의 근교에 자리를 잡았다. 국제노동기구(ILO)의 조사에 따르면 캄퐁참에만 5천여 명의 아이들이 벽돌 공장에서 일하고 있다. 벽돌을 굽고 나르는 일은 별다른 기술이 필요 없어 아이들도 할 수 있는 단순한 작업이다.

캄보디아의 노동법에서 최저노동연령은 15세이다. 보건, 안전, 도덕적으로 위험한 노동의 경우 18세를 최저노동연령으로 한다. 그러나 12～14세까지의 아동들의 경우 위험하지 않고 학업을 방해하지 않는 경우 노동할 수 있다.

벽돌 공장에서의 노동은 단순하지만 매우 위험한 일이다. 벽돌을 굽는 도가니에서는 쉽게 화상을 입을 수 있고 분쇄기에 말려들면 팔과 다리가 잘려나갈 수 있다. 집중력이 떨어지는 아이들은 그렇게 팔이 잘리거나 다리가 잘리고 벽돌에 팔다리를 뭉갠다. 그런 위험을 감수하며 노동하는 아이들은 만 리엘(2.5달러)에서 십만 리엘(25달러) 사이의 월급을 받는다.

국제노동기구 조사에 따르면 캄퐁참의 벽돌 공장에서 일하는 아이들의 70%는 13～17세, 8%는 7～9세였다. 이런 아이들의 75%는 일주일에 7일을 노동하고 있다.

사바
사바
사바

내가 마지막으로 교통경찰관에게 뇌물을 먹인 때는 1995년경이었다. 흔한 이야기이지만 5천 원이 공정가이던 때 만 원을 주고 5천 원의 거스름돈을 받아보기도 했다. 무인카메라가 인정머리 없이 범칙금 딱지를 날리는 지금, 그 시절이 그리운 운전자들도 있을 법하다. 그럼 프놈펜으로 가시라. 하루 일당을 정해놓고 정오 무렵과 해진 뒤를 빼고는 자동차와 오토바이 운전자들의 호주머니를 털기 위해 공공연히 동분서주하는 교통경찰들을 언제라도 만날 수 있다.

한 번은 말단 교통경찰의 푸념을 들을 기회가 있었다. 경찰서 간부에게 3천 달러를 뇌물로 바치고 자리를 얻었는데 본전을 찾을 날이 언제가 될지 모르겠다는 하소연이었다. 음, 하루에 10달러만 챙겨도 1년이면 3천 달러는 거뜬히 넘을 텐데? 대답인즉슨 아직 말단이라 수입을 반타작만 해도 다행이란다. 그럼 시간이 지나면 말단에서 벗어날 텐데? 웃기시는구만. 뇌물을 바쳐야 승진이 되지.

"그 돈을 언제 버나."

그는 하루 종일 뙤약볕에서 눈에 힘주고 있는 동안 시커멓게 타버린 얼굴의 땀을 훔치며 중얼거렸다.

국립국어원에서는 외래어인 사바사바 대신 순 우리말인 짬짜미를 쓰라 했다 한다. 길바닥에서 교통경찰에게 뇌물을 뜯기는 일은 사실 사바사바, 아니 짬짜미라 하기에는 좀 부적절하다. 짬짜미란 원래 은밀하게, 길바닥이 아니라 뒷골목이나 뒷구멍에서 이루어져야 한다. 말하자면 교통경찰 자리를 얻기 위해 은밀히 슬쩍, 승진을 위해 슬쩍. 약소하긴 해도 이쯤은 되어야 짬짜미에 속한다.

짬짜미는 아주 간단한 경제논리를 구현한다. '본전＋이윤'이 돌아와야 한다. 땅 투기 정보를 얻으려고 짬짜미, 입찰을 따려고 짬짜미, 이권을 얻으려고 짬짜미, 자리를 얻으려고 짬짜미. 빵에 가지 않으려고 짬짜미, 서로 나눠먹기로 하고 짬짜미…… 짬짜미, 짬짜미. 사바사바, 사바사바. 되는 일도 없고 안 되는 일도 없다. 아니, 하면 된다.

사바사바. 짬짜미 정신. 박정희 시대에 완성되어 오늘날까지 꿋꿋이 전승되고 있는 불멸의 정신이다. 생계형 피라미들은 도태되었지만 더욱 통 크게, 더욱 은밀하게, 기업형으로 이루어지는 사바사바, 짬짜미를 보라. 오늘날 발달한 사바사바는 평범한 사람들끼리 정겹게 주고받는 사바사바를 허용하지 않고 저 높은 구름 위에서 자기들끼리만 입을 맞춘다. 사바사바사바. 수리수리마하수리. 안 되는 일이 어디 있어. 안 되면 되게 하라.

아르마니

한결같이 거무튀튀하고 소매 끝이 해진 셔츠를 입고 다니며 항상 학구열에 불타던 나의 젊은 프놈펜 친구 사릿이 산뜻한 양복 상의를 입고 나타났다.

"멋진데."

슬쩍 안쪽을 들쳐보니 어럽쇼, 조르지오 아르마니 상표가 붙어 있다.

"아르마니네."

놀라는 시늉을 했더니 별 반응이 없이 사라진 후 5분 뒤에 두툼한 영-크메르 사전을 들고 나타났다.

"아르마니 스펠이 뭐예요?"

"아르마니? a-r-m-a-n-i."

"사전엔 없는데. 무슨 뜻이에요?"

"아르마니?"

"네."

"……그 옷 얼마에 샀느냐는 뜻이지."

"이거요? 엄마가 2천 리엘 줬다던데요."

"2천 리엘(0.5달러)……."

그날 사릿 덕분에 수입된 헌옷 파는 시장을 돌아보았다. 남한이나 일본, 유럽 등지에서 수거한 헌옷들을 진공포장으로 꽉꽉 누른 후 컨테이너에 실려 들어온다는 옷들은 다림질하지 않아 겁나게 구겨진 옷은 500~1,000리엘. 다림질한 옷은 1,000~2,000리엘 쯤이었다.

시장을 둘러보고 나올 때쯤 사릿이 내 셔츠를 가리키며 물었다.

"아르마니?"

"……이거? 20달러였던가……."

프놈펜 수입 헌옷 시장에 걸린 양복.

　　프놈펜의 프사트메이 근처 명품 상점에 가면 다양하지
는 않아도 명품 브랜드의 상품들을 구경할 수 있다. 그러나
프놈펜의 도둑놈들은 그게 성이 차질 않아 홍콩이나 방콕으
로 일주일에 한 번씩, 적어도 한 달에 한 번씩은 쇼핑을 떠
난다.

얼굴

오래전에 이런 이야기를 들었다.

얼굴엔 자신의 영혼이 배어들어. 시간이 지날수록 선명해지지.

착하게 살아야겠구나. 막연히 그런 생각을 했다.

캄퐁톰의 빈한한 농촌에 들렀을 때 한 소녀를 만났다.

빈한 속에서도 그 환한 웃음의 구김살 없음이라니.

문득 오래전의 그 이야기가 떠올랐다.

아, 얼굴을 속일 수 있는 방법이란 좀처럼 찾을 수 없구나.

여러분, 이명박의 얼굴을 보실까요. 관상일랑 신경쓰지 마시고 영혼을 봐주세요.

하필 왜 이명박이냐고요? 그럼, 누구 얼굴을 보고 싶으세요?

박근혜?

노무현?

이재오?

전여옥?

훈센?

박정희?

시선

논 가운데에서 피를 뽑던 아이는 뜻밖의 불청객이 나타나자 한동안 나를 바라보았다.

나는 고개를 떨구고 아이의 시선을 피했다.

잔인하군. 잔인하군.

나는 중얼거렸다.

그 아이가 서 있는 논에서 두 시간 떨어진 프놈펜에는 거실의 금고에 백만 달러를 현금으로 가진 인간들이 있었다. 그런 인간들의 금고를 모두 털고 외국에 숨겨둔 돈을 모두 찾아 원래의 주인에게로 되돌린다면, 아니 절반의 절반의 절반의 절반의 절반이라도 그들의 손에서 되찾아온다면, 아이는 깨끗한 옷을 입고 학교에서 크메르 문자를 배울 수 있다.

그러나 이 아이의 세상은,

아이를 논바닥에 붙박아두고, 코를 박게 하고, 흙투성이 문맹으로 만들고 있다.

이보다 더 잔인한 일이 있는지 나는 알고 싶다.

나는 기억한다.

선글라스를 낀 군인이 지배하던 어느 혹한의 겨울날,

70년대 초 서울 동쪽 변두리의 한 골목에서 김이 피어오르던 수챗구멍을 뒤져 멸치대가리를 찾아 입에 넣고 있던 내 또래 아이의 시선을.

나는 정말 무능하지만.

나는 정말 비겁하지만.

그 시선을 내 기억에서 지워버릴 만큼 용감하지는 못하다.

인간으로서,

나는 증오해야 할 것을 증오한다.

내 기억 속의 그 시선이 사라지기 전까지는.

훈센과 이명박

이명박의 공식 프로필을 보면 2000년 부터 현재까지 '캄보디아 훈센 총리 경제고문' 이라는 직함이 눈에 띤다. 훈센 에게서 박정희를 보는 내 눈에 이명박이 밟히는 이유이다.

2002년 『프놈펜 포스트』가 훈센 총리실로부터 제공받 아 게재한 훈센의 고문과 보좌관 리스트에는 이명박의 이름 이 존재하지 않는다. 사실이 그렇다면 이명박의 프로필은 경력 위조에 해당한다. 그러나 이명박이 훈센의 '개인 경제 고문' 일 가능성은 여전히 있다. 영어로 하자면 'private economic advisor'. 2000년에 훈센을 면담할 때 훈센이 기분 좋게 명함 한 장 만들어 건네주었을 가능성도 있다.

이명박이 프놈펜에 상주하면서 이 직함을 가졌다면 가 히 무소불위의 권력을 휘두를 수 있었을 것이다. 훈센의 개 인 경호원, 개인 보좌관, 개인 고문은 공식보다 더욱 막강한 힘을 갖고 있다. 훈센이 공식 부문을 신뢰하지 않는 것은 널 리 알려진 사실인데 말하자면 권력을 유지하고 행사하는 데 에 공식 라인보다 비선(秘線) 개인 조직에 기대고 있다. 1997년 쿠데타 당시 훈센의 개인 경호원은 2천여 명에 달했 고 이들은 훈센의 사병과 다를 바가 없어서 훈센 개인으로 부터 월급을 받았다. 쿠데타에서 이들 훈센의 사병들이 어 떤 일들을 도맡았는지는 더 말 할 필요가 없겠다. 2007년 현 재 훈센은 4천여 명으로 이루어진 경호대를 갖고 있다. 일 종의 친위부대인데 역시 사병과 다를 바가 없다. 군을 사병 화하고 심복들을 경쟁시키며 아무도 믿지 않았던 박정희를 이해하면 훈센도 이해할 수 있다. 독재와 독재자란 이 점에 한해서는 어디서나 별 차이가 없는 법이다.

경호원 다음으로 정확하게 수를 알 수 없는 각종의 고문과 보좌관들이 종합선물세트처럼 훈센의 주변에 포진해 있다. 가문에 이런 인간이 하나라도 있으면 그 가문은 프놈펜의 상류층 중의 상류층에 속한다. 나는 이런 종류의 떨거지 중에 캐나다 교포 출신의 훈센 보좌관 한 명을 알게 되었는데, 그 작자는 보좌관이 된 지 1년 만에 캐나다의 가족들을 모두 불러들여 유력한 건설사, 프놈펜 도심의 최신식 병원, 심지어는 금은방까지 꿰차게 만들고 있었다.

훈센의 경제고문. 타이틀로는 그보다 역겹고 수치스러운 일이 없을 텐데, 어떤 인간은 버젓이 몇 줄 되지도 않는 프로필에서 한 줄을 떳떳하게 그것으로 장식하고 있다.

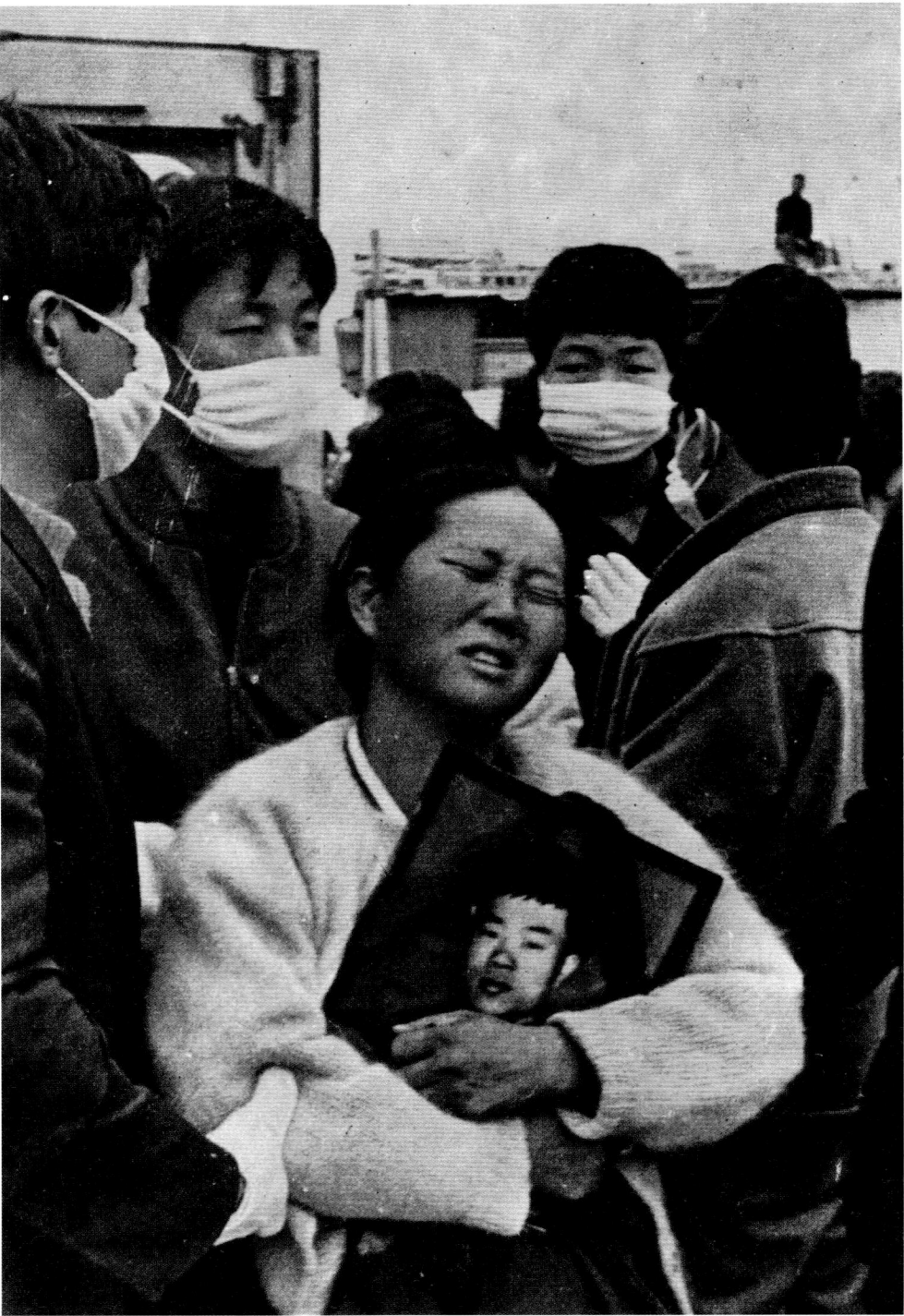

전태일과 이명박

1948년에 태어난 전태일과 1941년에 태어난 이명박. 7살 차이이다. 둘 모두 집이 가난했다.

"먹는 때보다 굶는 때가 많은 나날을 보내던 태일은 신문팔이를 시작합니다. 1960년 12살 소년 태일은 같은 또래의 친구들이 신문도 팔고 구두도 닦으면서 가난한 살림에 보탬이 되고 있는 것을 보았습니다.

학교에서 수업을 마치고 신문을 팔기 시작했으나 차츰 신문을 팔아야 하는 시간이 많아졌습니다. 한 푼이라도 더 벌어야 하는 절박함이 태일이를 학교에 다닐 수 없도록 만든 것입니다. 결국 4학년 초에 태일은 학교를 중퇴하고 생계를 위한 노동을 시작하게 됩니다. 가족의 생계를 떠안은 12살짜리 어린 태일은 10살짜리 동생 태삼을 데리고 동대문시장에 나가 삼발이 장사를 시작했습니다. 삼발이, 솔, 조리, 방 빗자루, 석쇠 등을 위탁 판매소에서 받아다 물건을 팔고 원금을 돌려주는 방식으로 밑천 없이 시작할 수 있는 장사였습니다."

"1959년 12월 이명박은 고등학교 졸업식을 앞두고 동생과 함께 서울로 가는 기차에 올랐다. 부모님은 이태원 판자촌에 단칸방을 얻어놓고 시장에서 노점을 하고 있었다. 작은 방에는 부모님과 동생이 누워 다리조차 펼 수 없었기에 달동네 산꼭대기를 허겁지겁 달려야 했던 시절, 그의 발길은 자신도 모르게 동숭동이나 안암동, 신촌 같은 대학가로 향했다. 생존만이 유일한 과제였던 그때, '대학 시험이라

도 한번 쳐보자, 시험에 합격만 하면 학교에 다니지 않더라
도 중퇴가 된다' 는 엉뚱한 생각으로 대학 입시를 준비하고
시작했다. 청계천 헌책방에서 책을 얻어 낮에는 일하고 밤
에는 불 좀 끄라는 노동자들의 원성을 들어가며 공부한 끝
에 5 · 16 혁명이 일어난 해인 1961년 고려대 상과대학에
합격한다."

"막연하지만, 뭔가 끌어당기는 것을 태일은 느낄 수 있
었습니다. 그것이 무엇인지 당시에는 알 수 없었지만, 시간
이 지날수록 조금씩 선명하게 드러나는 모습은 바로 자기
자신과 같은 모습을 하고 있는 수많은 평화시장의 어린 노
동자들이었습니다.

열두세 살의 어린 소녀들이 일당 70원을 받으며 점심도
굶은 채 일을 하는 모습을 보면서, 태일의 가슴속에서는 형
언할 수 없는 감정의 회오리가 일었습니다. 장시간 노동과
저임금, 건강을 해치는 열악한 환경, 최소한의 보호 장치도
없는 인권의 사각지대에서 일방적으로 착취당하고 있는 이
들 어린 여공들이야말로 지금까지 그늘에서 그늘로 전전했
던 태일의 모습이었던 것입니다."

"현대건설에 입사한 이명박은 입사 5년 만인 1971년에
이사, 12년 만인 77년, 만 35세 나이에 현대건설의 최고경
영자(CEO)에 오르며 '샐러리맨의 신화'가 됐다."

이명박이 현대건설의 이사가 되기 전 해인 1970년 11월
13일, 전태일은 청계천변의 도로에서 불꽃이 되었고 숨을

평화시장에서의 전태일의 모습(1968).

거두기 전에 이런 말을 담겼다.

　"내가 못다 이룬 일, 어머니가 꼭 이루어주십시오."

　"내 죽음을 헛되이 말라!"

　"배가 고프다……."

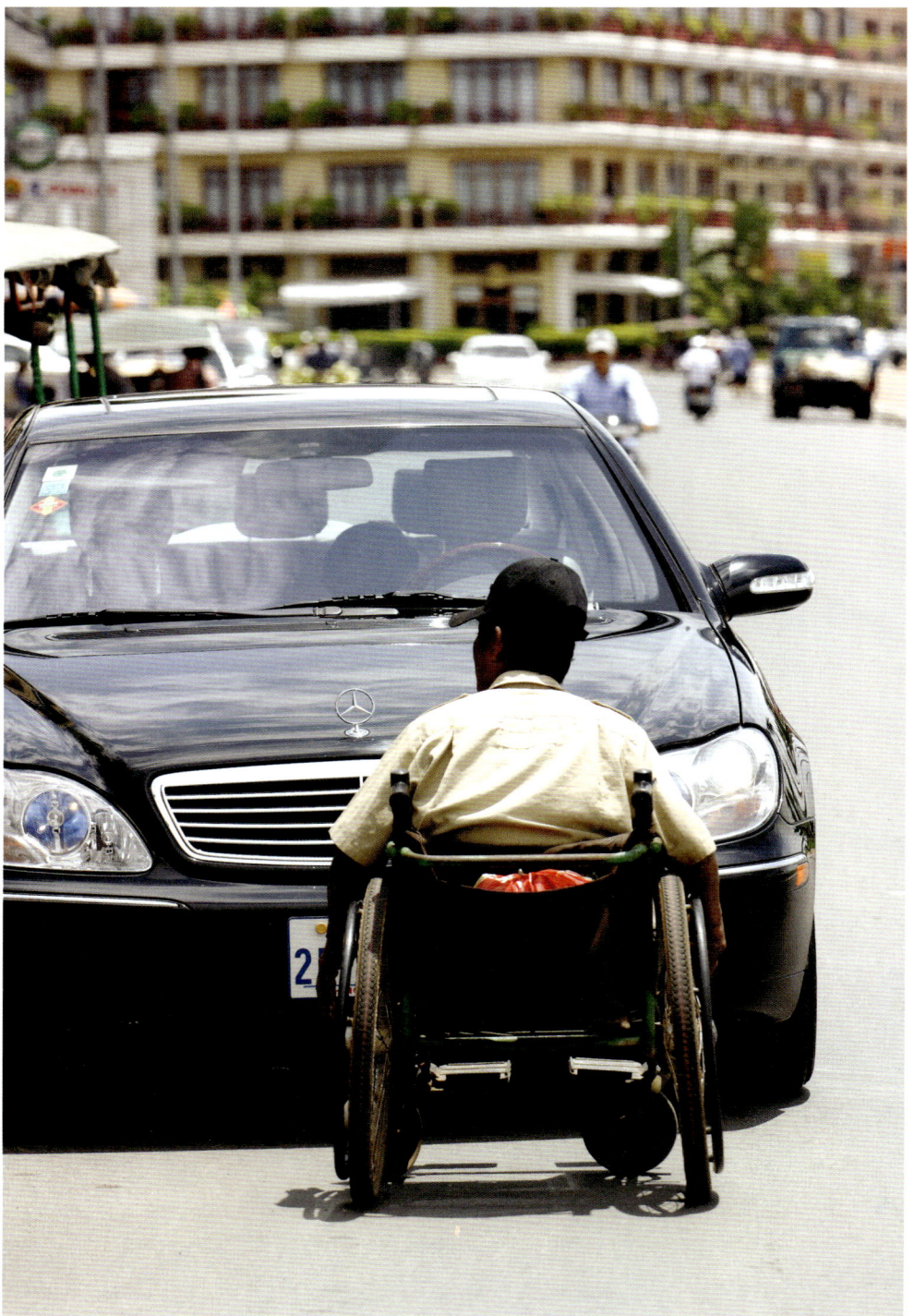

메르세데스 벤츠

언젠가 도쿄에서 이런 말을 들었다.

"벤츠도 시나가와(品川)가 아니라면 벤츠가 아니라네."

마침 시나가와 프린스호텔에 묵고 있었기 때문에 그런 말이 튀어나왔을 것이다. 일본의 승용차들은 번호판에 지역 이름을 적어두고 있어 차의 주인이 사는 지역을 알 수 있는데 시나가와는 대표적인 부촌이라고 했다.

말하자면, "벤츠도 강남 벤츠가 아니라면 벤츠가 아니라네"와 같은 말이다.

얼마 전 승용차의 번호 체계가 바뀔 즈음에 이런 이야기를 들었다. 번호판 위 부분의 두 자리 숫자로 차가 등록된 지역을 확인할 수 있다고. 오호, 번호판에 그런 비밀이 숨어 있다니. 하여 일찍이 강남의 부자들은 벤츠건 렉서스건 서울 강남 등록판이 아니면 시골 것이나 강북 것 취급을 했다고 한다.

도대체 그들이 원하는 것은 무엇일까.

그들을 만족시키는 것이 메르세데스 벤츠가 아니라면,

그들이 원하는 것은 불평등을 즐기는 새디즘의 완성일까.

금

이곳에서 어떤 사람들은 땅 위에서 살고 어떤 사람들은 물
위에서 산다.

　희한한 일이지.

　눈에 불을 켜고 땅에 금을 긋는 사람들이 물에는 퍽이나
관대한 걸.

　아, 그렇구나.

　물에는 금을 그을 수 없구나.

　그러나, 나는 안다.

　그들이 결국은 물에도 금을 그을 것임을.

광주 대단지의 기억

1977년쯤 고등학교 시절 의정부나 성남으로 영화를 보러 우르르 몰려 다니곤 했다네. 서울의 2/3 가격이면 같은 영화를 볼 수 있었지.「내 이름은 튜니티」. 이 영화는 의정부에서 봤던 것이 확실해.「사랑의 스잔나」는 성남에서였고. 그때 난 성남은 처음 길이었어. 가파른 고개를 오르고 내리는데 하꼬방(판자집)들이 고개들을 가득 메우고 있었어. 빌어먹을 동네더군. 내가 살던 동네 맞은편의 중랑천 둑방 판자촌이라면 그렇게 오르내릴 일은 없었거든.

나중에 알게 되었지. 서울과 전국의 빈민촌에서 철거민들을 군용 트럭에 싣고 쓰레기처럼 그곳에 부었다는 걸 말이야. 1971년에 바로 그 광주대단지에서 폭동이 일어났다는 것도.

요즘 프놈펜 바싹 강변에서는 축소판으로 같은 일이 벌어지고 있다네. 20년 전부터 이곳에 집을 짓고 살던 빈민들이 하루아침에 삶의 터전을 빼앗기기 시작했어. 처음 이곳으로 이주했을 때에는 집을 짓기 위해 흙을 날라다 메워야 했는데 그게 붉은 흙이었다고 하더군. 그래서 동네 이름이 데이 크라옴(붉은 흙)이야. 프놈펜 시청이 '7NG'라는 건설 기업에게 개발권을 넘겼어. 빈민들을 밀어내는 건 시청과 군인들의 몫이지. 데이 크라옴의 빈민들이 붉은 흙을 떠날 수 없는 이유는 그들이 그곳을 떠나면 생계를 잃기 때문이라네. 사람들은 프놈펜 시내에서 행상을 하거나 노점을 하고 모또 운전사를 하지 않으면 구걸을 하며 살아가지. 시청은 데이 크라옴의 사람들을 그곳에서 15km 떨어진 프놈펜 외곽의 허허벌판으로 실어다 버리려고 해. 사람들은 그곳에 선 살지 못해. 생계를 이어갈 아무 방법이 없어. 하지만 맞은편의 강변 동네인 삼복참은 벌써 모두 깨끗하게 밀린 후 담을 두르고 그 안에서는 포클레인과 불도저들이 정지(整 址) 작업을 하고 있는 중이라네.

　그래. 이게 훈센의 도시개발이지. 이즈음 프놈펜에서는 이런 일들이 구석구석에서 벌어지고 있어. 「사랑의 스잔나」 가 생각나. 지독하게 슬픈 영화였지. 불치병에 걸린 진추하 가 죽어가는, 「러브 스토리」 비슷한 영화였어.

다시 또 연락하지.
프놈펜

(아래) 광주대단지 폭동 당시의 모습.

양아치

쓰레기를 뒤지던 사람들이 있었어.

대나무바구니를 등에 짊어지고 뾰족한 철사가 끝에 박힌 긴 작대기를 가지고 다녔지.

넝마주이라고 불렀어. 양아치라고도 불렀지. 재건대라고도 불렀고.

운 좋게도 난 쓰레기통을 뒤질 필요는 없었어.

정오의 태양이 지글지글 모든 것을 태워버릴 때쯤

난 프놈펜 양아치들의 일터에 갔어.

어디선가 무엇인가 썩어가고 오물들 틈에서 날벌레의 유충들이 날개를 달고 날아오르고 있었지.

현대식의 쓰레기차 한 대가 도착하자 아이들과 여자들과 젊은이들이, 프놈펜의 양아치들이 이제 막 아가리를 벌리고 쓰레기를 토해내는 그 앞으로 달려가더군. 개발의 쓰레기들이 머리 위로 쏟아지고, 개발의 악취가 숨구멍을 막고, 개발의 파리들이 일제히 날아오르고, 약육강식의 구호가 아우성을 질렀지.

정오의 지글거리는 태양 아래.

시에스타의 단꿈이 신흥 부르주아 계급의 실크모기장 속으로 스며드는 그 정오에,

그 뜨거운 시간에 온몸을 무엇으로든 둘둘 감싼 아이들이 작대기를 들어 그 침을 페트병을 향해 내리꽂고 있었어.

난 넝마주이였던 적이 없었어…….

(아래) 1973년 종로YMCA부근의 넝마주이.

합

의

어떤 학자들은 박정희의 독재에 대해 노동자와
농민이 그리고 빈민이 합의했다고 하지. 동의했
다고도 하고. 발전을 위해서 말이야. 후불제였다
고도 하지.

　　학자란 사람들은 이게 문제야.

　　이론을 문자와 숫자로만 채우지.

　　여간해서는 인간이 인간이란 걸 이해하려 들지 않지.

　　그렇게 말하는 사람들을 박정희 시대로 돌려보낸다면
자신들은 합의할 수 있을까?

　　그럴지도 모르지.

　　학자란 사람들은 그 시대에서도 대개는 별일 없이 잘 먹
고 잘 살았거든.

　　이 사람들은 이게 문제야.

　　인간이 인간이란 걸 이해하려 들지 않아.

　　"한국의 개발주의 성장 체제는 재벌이 성장의 대표주자
가 되고 '병영적 노동통제' 하에서 대중의 삶이 소수 재벌
집단의 성장성과에 의존하는, 고생산성과 저임금이 결합된
'선성장 후분배' 체제였고, 후분배의 약속을 담보로 노동대
중이 현재의 희생을 감수하며 선성장 프로젝트에 동의하고
헌신한 체제인 것이다."

(『개발독재의 정치경제학과 한국의 경험』, 이병천, 2003)

　　그나마 말이라도 좀 쉽게 해주면 얼마나 좋을까.

공포

사람들은 모두 훈센에 대해서 비난하기를 꺼려 한다.

내가 훈센의 독재를 비난할 때에도 묵묵히 침묵하고 있을 뿐이다.

"당신은 외국인이니까."

어쩌다 입을 열면 그 말뿐이다.

어른들은 박정희에 대해서 말할 때면 언제나 주위를 두리번거리고 목소리를 깔곤 했지.

마치 그와 같아.

공포가 사람들을 감시하는 것이지.

하지만 가끔씩 알코올이 그 공포를 마비시키곤 해.

"긴급조치 위반으로 처벌받은 사건 1,412건 중 48%가 '음주 및 대화 도중 박정희 대통령과 유신을 비판한 것'이었다." (「긴급조치 위반 사건 판결 분석 보고서」, 진실 화해를 위한 과거사 정리위원회, 2007)

하지만 날이 더워서인지 크메르 사람들은 어지간해서는 술을 먹지 않아 이런 곤욕을 치르는 일이 없다.

(아래) 삼선개헌 반대 데모에 나선 대학생들을 진압하는 경찰들(1969.7.1).

존경

"요즘은 박정희 대통령이 좋게 인식되는 것 같은데, 옛날에는 유신이니 해서 비판이 많았지만 초기 새마을운동을 한 덕택에 경제발전의 기초가 되었던 점은 훌륭한 점입니다. 나도 영화를 통해 서울을 봤는데, 서울은 일본의 도쿄보다 훌륭한 도시로 조선이 자랑할 만한 세계의 도시입니다. 서울에 가면 박정희 전 대통령 묘소도 참배하고 싶습니다. 그것이 예의라고 생각합니다." ― 김정일, 1999년 현대 회장 정주영과의 대화 중

"어렵던 시절, 한국을 이끌어 고도로 공업화된 민주국가로 변화시킨 역사적 역할을 담당한 박정희 전 대통령에 대해 깊은 존경심을 가지고 있다. 그는 후임 대통령들이 본보기로 삼을 만한 유산을 남긴 한국에서 가장 성공적이었던 지도자 중 한 사람임에 틀림없다."

― 페르베즈 무샤라프(Pervez Musharraf, 파키스탄 대통령)

"중국의 덩샤오핑 등은 세계에서 유례를 찾아볼 수 없는 한국의 연 10% 급성장, 경제 부상에 놀라며 박정희식 경제개발에 많은 관심을 갖게 되었다." ― 마훙(馬虹, 중화인민공화국정책과학연구회장)

"아시아에서 위기에 처한 나라를 구한 위대한 세 지도자로 일본의 요시다 시게루(吉田茂), 중국의 덩샤오핑, 한국의 박정희를 꼽고 싶다."

― 리콴유(李光耀, 전 싱가포르 총리)

"그런가 하면 현재 총리는 훈센인데, 그는 죽은 사람으로는 박정희를, 살아 있는 사람으로는 전두환을 제일 존경한다고 하니 아이러니가 아닐 수 없다. 실제로 전두환이 대통령직을 마친 후 개인 자격으로 캄보디아를 방문했을 때 훈센 총리가 너무나 융숭한 칙사 대접을 하여 사람들 입에 회자(膾炙)되었다고 한다." ― 캄보디아 한국 교민지

(위)무샤라프
(가운데)덩샤오핑
(아래)리콴유

이 존경의 어록들에 등장하는 인물들을 살펴
보자. 북한의 김정일과 파키스탄의 무샤라프
는 세계적 명성의 독재자들이다. 싱가포르 장
기 집권 총리였던 리콴유는 은퇴했지만 침을
뱉은 죄를 태형으로 묻고 껌을 씹지 못하게
했던 변태적인 자칭 타칭의 아시아적 독재자
였다. 시장사회주의라는 미명으로 오늘의 중
국을 만든 덩샤오핑은 자신의 말마따나 중국
을 박정희식 지옥으로 만드는 데에 성공했다.

훈센 캄보디아 총리.

오늘 14억 중국 인민 중에 직립으로 보행하는 인민은 2억
남짓이고 나머지는 모두 네 발로 기는 개보다 못한 처지가
되었다. 중국의 덩샤오핑식 약진을 미국의 보수파의 랜드
(RAND)연구소는 "중국의 덩샤오핑의 개혁은 박정희 모델
을 모방한 것"이라고 정의했다. 리콴유가 패전 후 일본의 수
상이었던 요시다 시게루를 위대한 지도자로 손꼽은 이유는
"한국전쟁과 냉전이 시작되자 기회를 놓치지 않고 일본이
미국 편에 확실히 서도록 했기 때문"이다. 1999년의 쿠데타
로 권력을 장악한 파키스탄의 무샤라프는 미국의 지원으로
근근이 권력을 유지하고 있는 전형적인 친미 군부독재자로
박정희를 존경할 만한 여러 가지 이유를 갖고 있다. 이제 집
권 8년을 넘기고 있는 무샤라프의 소망은 박정희처럼 18년
이라도 채우는 것이다.

　하여, 어찌된 일인지 끼리끼리 노는 법에는 예외가 없
다. 시간과 공간을 초월해 힘이 닿는 대로 밀어주고 끌어주
며 서로에 대해 끝도 없이 다정하고 다감하다.

새마을운동

캄보디아개발위원회(CDC)의 2004년 조사에 따르면 절대빈곤층은 34.7%에 이른다. 굶는 인구를 나타내는 식량빈곤율은 19.7%이다. 사정은 농촌으로 가면 경악할 정도로 바뀐다. 농촌 지역의 절대빈곤층은 전체 인구의 91%에 달하고 있다.

농촌을 도탄에 빠지게 하면 이농 현상은 가속화된다. 도시로 몰려든 농민의 자식들은 저렴한 산업 노동력으로 전락한다. 저렴한 산업 노동력을 조달하기 위해 개발독재는 농촌을 도탄에 빠지게 한다. 이농 후 노동자가 된 농촌의 자식들은 저임금의 대부분을 농촌의 남은 가족들에게 보내야 했다.

새마을운동은 이 과정에서 벌어진 정신교육운동이었다. 초가집 지붕을 함석으로 바꾸고 길을 포장해서 이익을 챙긴 것은 시멘트 기업과 건자재 기업뿐이었다. 농촌은 중단 없는 저곡가 정책으로 천덕꾸러기가 되어갔다.

농촌에서 시작된 새마을운동이 이른바 '도시새마을운동'으로 확대된 것은 이 정신교육이 반공과 더불어 제법 독재에 쓸만한 것이었음을 증명하는데, 30년의 세월이 흐른 지금 그 정신교육의 폐해로부터 얼마나 벗어난 것인지 의심스럽기 짝이 없다.

그렇다고 그걸…

싱가포르로 이체된 부정한 돈 8억 달러에 대한 보고.

국제투명성기구의 캄보디아 지회인 투명성연합(CTC)이 캄보디아에서 싱가포르의 은행들로 송금된 8억 달러에 대한 정보 발표(10월 13일). CTC회장 넴 반탄(Nhem Vanthan)씨는 싱가포르에서 6년간 검은 돈의 커넥션을 추적했다. 정보에 따르면 싱가포르 정부가 지불보류를 명령한 8억 달러 상당 계좌의 소유주는 26명의 캄보디아 정부 고위 관료들이다. 이 의문의 8억 달러는 9·11테러 이후 미국의 테러 조직 자금 추적 활동에 긴밀하게 협조하고 있는 싱가포르의 부패조사청(CPIB)과 하급법원에 의해 적발되었다. 이 돈은 캄보디아 국적을 소유한 26명의 은행 계좌 형태로 분산되어 있다. 최소 금액은 2천만 달러이며 이 중 4개의 계좌는 1억 달러 이상의 금액이다.

캄보디아 국민들이 이 사실을 알아주길 바란다.

2002년 10월 15일

래리 H 셍(Larry H Seng)

여러분 캄보디아의 훈센 정권의 부패를 일소하도록 도와주세요.

우리는 캄보디아 민중이 힘이 없어 해결하지 못 하고 있는 이 문제를 해결할 수 있도록 미국 정부가 개입해주기를 바랍니다. 모든 캄보디아 사람들은 훈센 정부의 부패를 알고 있습니다. 그러나 우리는 훈센의 부패를 멈추기 위해 뭘 해야 할지 모르고 있습니다.

 나는 부시 행정부에게 도움을 호소합니다. 제발. 캄보디아가 돈을 되찾을 수 있도록 도와주십시오.

> 2002년 12월 15일
> 래리 H 셍(Larry H Seng)

 빼돌리기에만 급급했던 캄보디아의 훈센 모리배들은 싱가포르 은행이 스위스의 은행들에 비해 고객들의 비밀 보호 수준이 현저하게 떨어진다는 것을 고려하지 못했다.

 래리 셍 씨. 그렇다고 그걸 부시에게 읍소하신 건 번지수가…….

 혹시 미국 유학파이십니까?

잠

"만돌린을 켜며 방랑하는 한 흑인 여자가 물병과 만돌린을 옆에 두고 피곤에 지쳐 잠들어 있습니다. 지나가던 사자가 그녀의 냄새를 맡고 있지만, 잡아먹지는 않습니다. 집시 여인은 오리엔트 복장을 하고 있고, 주변은 삭막한 사막에 달빛만 휘영청, 퍽 시적인 효과가 납니다." (「앙리 루소의 편지」 중)

바싹 강변의 정자 바닥에 옆으로 쓰러져 자고 있는 이 크메르 처녀를 보았을 때 한순간 내 눈앞을 가득 메운 것은 앙리 루소의 「잠자는 집시 여인」이었다.

집시 여인이 사라지자,
달빛 대신 태양이 작열하고 있었다.
사자는 여전히 어슬렁거리고 있었다.
퍽 서글픈 효과였다.
그녀는 무슨 꿈을 꾸고 있었을까.

(아래)앙리 루소의 「잠자는 집시 여인」(The Sleeping Gypsy, 1897).

살인

2007년 2월 34일 선텍스 섬유 공장 자유노조 위원장 히 부티(Hy Vuthy)가 야근을 끝내고 집으로 돌아오던 길에 오토바이를 탄 두 명의 괴한에게 총에 맞아 살해당했다. 부티는 3개월 전부터 살해 위협을 받아왔다. 아내와 4살짜리 아들, 5개월 된 딸이 남겨졌다.

2004년 1월에는 자유노조연맹 위원장이었던 체 비체아(Chea Vichea)가 역시 오토바이를 탄 두 명에게 같은 방법으로 살해당했다.

2004년 5월에는 트리닝갈 코마라 섬유 공장의 자유노조 위원장인 로스 소반나리스(Ros Sovannarith)가 마찬가지 방법으로 살해당했다.

죽이세요.

당신들의 경제를 위해서.

당신들의 발전을 위해서.

당신들의 터질 듯 부른 배에 피 묻은 달러를 지속적으로 처넣기 위해서.

당신들의 메르세데스 벤츠와 렉서스와 랜드크루저를 위해서.

당신들의 호화로운 저택을 위해서.

당신들의 돼지처럼 살찐 아내들을 위해서.

당신들의 딸들의 새하얀 피부를 위해서.

당신들의 아들들의 유식함을 위해서.

당신들의 권력을 유지하기 위해서.

당신들의 영원한 세습을 도모하기 위해서.

지속적으로 죽이세요.

당신들의 목이 졸릴 때까지.

누
명

자유노조연맹 위원장 체 비체아의 살해범으로
두 명이 체포되었다.

본 삼낭(Born Samnang)과 속 삼 오운(Sok
Sam Oeun)이었다.

목격자들 중 아무도 대조하지 않은 몽타주가 이들을 체
포하는 데에 사용되었는데, 몽타주는 이 두 명의 얼굴과 정
확하게 일치했다.

하루 만에 이들은 기자회견에 끌려나왔고, 그들은 자신
들이 살인범이 아니라고 울부짖었다. 심지어 본 삼낭은 사건
당시 프놈펜에서 60km 떨어진 여자 친구의 집에 있었다.

불법적으로 18개월을 끈 후, 2005년 8월 법정은 이들에
게 20년형을 선고했다.

2006년 8월 체 비체아가 살해된 신문 가판대의 주인이
었던 바 소티(Va Sothy)가 태국으로 몸을 피한 후 유엔난민
기구로부터 난민 지위를 인정받자 마침내 두 명 모두 범인이
아니라고 증언했다. 그 직후 싱가포르에서 전 프놈펜 경찰서
장이었던 헹포로부터 같은 증언이 나왔다.

2007년 4월 6일, 바 소티와 헹포의 공개 증언 그리고 검
사측으로부터 사건에 대한 추가수사가 필요하다는 의견이
나왔음에도 불구하고 항소 법정은 본 삼낭과 속 삼 오운의
유죄를 인정했다.

(왼쪽)2007년 4월 항소심에서의 본 삼낭과
속 삼 오운. 법원은 항소를 기각했다.

강탈

분노에 대해서 이렇게 말하지요.

분노하지 마세요. 당신 정신에 지극히 해롭
습니다.

오래 살지 못해요. 단명의 지름길입니다.

그러니 마음의 평화를 찾으세요.

증오에 대해서 이렇게 말하지요.

증오하지 마세요. 증오는 반목과 대립, 분열의 아버지입
니다.

사랑하고 화합하세요.

포용하세요.

그래야 오래 삽니다.

당신들은 모든 것을 가지고 있고,

이 사람들은 고작 그것 둘밖에 가진 것이 없는데

그것마저 내놓아야 합니까?

그럼 오래 살 수 있습니까?

평균수명이 당신들과 같아질 수 있습니까?

사마키와 타이셍

프랑스가 남긴 것은 고무농장이었다.

독립 후 프랑스의 고무농장은 국영이 되었다.

훈센 쿠데타 후 국영 고무농장은 민영화의 길을 걸었다.

예를 들어서,

훈센 정권은 라따나끼리의 고무농장 2,300헥타르에 대한 70년 동안의 독점적 고무채취권을 사기업인 '타이셍무역'에 넘겼다. 그 이면의 짬짜미는 생략하기로 한다. 타이셍은 고무 원액을 베트남으로 넘기고 있고, 베트남은 중국과 말레이시아 등지로 수출한다.

이제 고무농장에서 생산되는 고무 원액은 독점채취권을 가진 타이셍에게로 넘어간다.

그러나 노동자들은 채취한 원액을 타이셍에게로 직접 넘기지 못한다.

의무적으로 '사마키'라 불리는 일종의 조합에 먼저 넘겨야 한다.

라따나끼리의 고무농장에는 33개의 사마키가 1,700명의 노동자들을 대표하고 있다.

사마키는 타이셍에서 받는 원액 가격의 절반 값만을 노동자에게 지불한다.

사마키는 말이 조합이지 원액의 중계에서 생기는 이익은 모두 조합장이 챙긴다.

이게 얼마나 거저먹기인지는 원액의 수집조차 타이셍이 직접하고 있는 것으로도 알 수 있다. 사마키가 하는 일은 단지 50%의 돈을 챙기는 일밖에 없다.

사마키 중 악질은 노동자에게는 1/3만 현금을 지급하고

나머지는 시중가보다 비싼 값을 매긴 쌀과 채취 기구 따위로 대신하면서 제 몫을 키우고 있다.

그 와중에 타이셍은 은근슬쩍 노동자들로부터 원액을 직접 납품받으려고 시도했다. 결과는? 타이셍에 협조한 고무농장 노동자들은 모두 감옥 신세를 지거나 밀림으로 도망가야 했다. 사마키를 무시하다니 화를 자처한 것이지. 33개의 사마키 중 적잖은 수는 라따나끼리의 지역 육군 사령관 어른의 마나님과 같은 힘센 분들이 소유하고 있다.

타이셍은 노동자들을 꼬드기기를 사마키가 없어지면 당신들은 지금의 두 배를 벌 수 있다고 한다. 이쯤에서 예, 아니오 문제 하나.

사마키가 없어지면 타이셍은 노동자들을 어떻게 대우할까. 박정희, 전두환, 노태우에서 노무현에 이르는 남한 경제의 발전을 묻는 문제입니다.

고무

고무나무가 고무 진액을 흘리는 모습을 보면
피를 흘리는 것처럼 보인다.

　그 피가 배어나고 흘러 그릇에 모일 수 있
도록 나무줄기에는 생채기가 혈관처럼 패어 있다. 고무나
무의 나이는 나이테가 아니라 그 생채기의 흔적으로 알 수
있다.

　나무의 팔자라니. 고무나무보다 팔자가 드센 나무가 있
을까 싶다.

　고무농장의 노동자들은 고무나무에 생채기를 내는 사
람들이다.

　그들의 얼굴과 그들의 팔과 그들의 다리에도 고무나무
처럼 생채기가 아로새겨져 있다.

　그들의 팔자는 누가 드세게 만드는 것일까.

(아래)열악한 환경의 서울의 한 신발 공장에
서 일하다가 유기용제에 중독되어 하반신 마
비 증세를 일으킨 10대 노동자(1975).

트나웃

설탕을 만드는 가장 대표적인 작물은 사탕수수이지만 사탕 야자나무도 있다. 슈거팜(Sugar Palm)이다. 사탕 야자나무는 흔히 알고 있는 코코넛 야자나무에 비해 키가 훨씬 크다. 잎은 넓고 길게 퍼져 있는 대신 줄기 끝을 중심으로 마치 풍선처럼 모여 있다. 캄보디아에는 어딜 가도 이 달콤한 나무를 볼 수 있다. 사탕 수액은 줄기의 끝부분에서 채취할 수 있다. 밤퐁이라 불리는 큼직한 대나무통을 들고 나무 끝으로 기어올라 매달아 놓으면 대개는 하루면 통이 가득 찬다. 이 즙을 모은 후 끓여 사탕을 만들기도 하지만 그냥 마시기도 한다.

　요즘은 흔하지 않지만 프놈펜에도 사탕 수액이 담긴 대나무통을 들고 다니며 파는 행상들이 가끔씩 눈에 띈다. 수액이라곤 하지만 묽은 편이어서 주스에 가깝다. 그냥 마셔도 아찔하게 진하다는 생각은 들지 않는다. 뜩트나웃이라 불리는 이 주스는 설탕물이나 청량음료와는 비교할 수 없는 담백하고, 정말 달콤한 맛에 야자나무의 향이 배어 있는 그런 맛을 볼 수 있다.

　사탕 야자나무. 바로 이 나무가 캄보디아의 국목(國木) 대접을 받는 '트나웃'이다. 중부와 서부에서는 논의 한복판에 외롭게 서 있거나 군집하고 있는 트나웃을 쉽게 볼 수 있다. 농부들은 개간을 할 때에도 트나웃을 베는 일이 없다. 개간한 논의 경계에는 트나웃을 심는다. 논이 되고 나서도 베는 일이 없어 대를 이어 트나웃은 그렇게 농부들의 그늘이 되고 단물이 되어줄 수 있었다. 트나웃은 또 농부들의 집에 지붕을 얹어주고 벽이 되어주기도 한다. 고사(枯死)한 트나웃은 좋은 땔감이었다.

(왼쪽)프놈펜의 뜩트나웃 행상.

　　트나웃 숲에서 농부들은 벼농사 대신 트나웃의 사탕 원
액을 채취하며 살아간다. 원액을 채취하려면 트나웃은 20
년이 넘어야 한다. 보통 12월에서 5월 사이인 채취철에 나
무 한 그루에서 20kg의 원액을 채취할 수 있다.

　　이제 농부들은 고작 3달러나 5달러를 얻기 위해 거리낌
없이 20년이 넘은 트나웃의 밑둥에 도끼날을 대거나 톱을
대고 있다. 전통이건 문화건 환경이건 모두 빈곤과 개발에
밀려나 버린다.

모또
위의 삶

7~8년 전 처음 캄보디아에 발을 딛었
을 때나 지금이나 프놈펜의 대중교통
수단은 오토바이가 유일하다(물론 다른
도시도 마찬가지이지만). 흔히 모또 택시, 줄여서 그냥 모또
라고 부른다.

농촌에서 도시로 무작정 모여든 사내들의 첫번째 목표
는 오토바이를 장만하는 것이다. 하노이나 호치민 또는 방
콕이라면 자신의 교통 수단을 장만하는 것이겠지만, 캄보디
아에서는 호구지책을 위해서이다. 살인적 실업률의 캄보디
아 도시에서 오토바이만 몰 수 있으면 누구나 할 수 있는 돈
벌이가 모또 운전이니까. 따라서 모또만큼 환금성이 좋은
물건이 내가 알기로는 없다. 도난도 심심치 않지만, 모또 강
도가 아니라 모또의 탈취를 도모하는 강도도 없지 않다.

하여, 모또 운전사들은 여간해서 모또를 떠나는 법이 없
다. 모또 위에서 쉬고, 먹고, 심지어는 자기까지 한다. 마치
고양이처럼 보이기도 하고, 독수리처럼 보이기도 하고, 표
범처럼 보이기도 하지만, 손바닥 두 개를 펼친 넓이의 오토
바이 안장 위의 얹힌 삶이 고달프지 않을 수 없다. 나무지게
하나에 타인의 짐과 함께 자신과 가족의 삶을 얹었던 역전
의 지게꾼들처럼.

용접

기계공업고등학교에 입학한 후 첫 학기는 전공을 정하지 않고 돌아가며 실습을 했다. 전기용접도 그 중의 하나였다. 용접 실습장은 천정 바로 밑에만 작은 창문이 달려 있어 어둑했다. 아크용접은 용접봉과 철판 사이의 간격을 일정하게 유지하는 것이 필요했다. 첫날 실습에서는 용접봉과 철판이 붙어 철커덕 내는 소리가 사방에서 요란했다.

하루는 용접 실습이 끝난 후 한 녀석이 이런 말을 했다.

"전기용접을 하는 사람들은 자식이 없대."

"왜?"

"불꽃에서 나오는 뭔가가 거시기의 씨를 없앤대."

그 뒤로 우린 용접 실습 시간에는 어쩐지 찜찜했다. 녀석의 주장을 뒷받침하듯 용접 실습동의 기사는 자식이 없다는 소문이 떠돌았다.

아마 실습 중에 앞치마를 하지 않는 아이들이 있어서 선생이 겁을 주려고 한 이야기가 퍼진 것이었을 것이다. 하지만 두툼하고 무거운 용접용 앞치마를 둘러본 사람들은 알겠지만, 그걸 두르면 몸이 둔해져서 작업 속도를 낼 수 없다.

프레스도 그렇다. 안전장치를 쓰면 작업 속도를 낼 수 없다.

밀링도 그렇고 선반도 그렇고, 셰이퍼도 그렇고, 드릴도 그렇다. 안전을 앞세우면 생산성이 떨어진다.

학교에서는 안전을 가르쳤지만 공장에서는 그 반대를 가르치고 윽박질렀다. 자본의 사전에는 원래 안전이란 단어가 없다. 직접 펜을 들고 사전을 뺏어 써주어야 알아먹는다. 안전이란 단어는 그렇지만, 인간이란 단어는 사정이 다르

다. 그 단어를 쓰면 그 사전은 저 홀로 불에 타 재가 되어 버
린다.

　"아크용접을 할 때의 온도는 섭씨 5,000∼6,000도의 고
온에 달하며, 또 강한 자외선이 방출되므로 작업자는 눈이
나 몸을 보호하기 위해 헬멧·에이프런·장갑 등을 착용해
야 한다."　　　　　　　　　　　　　(『전기용접법』 중)

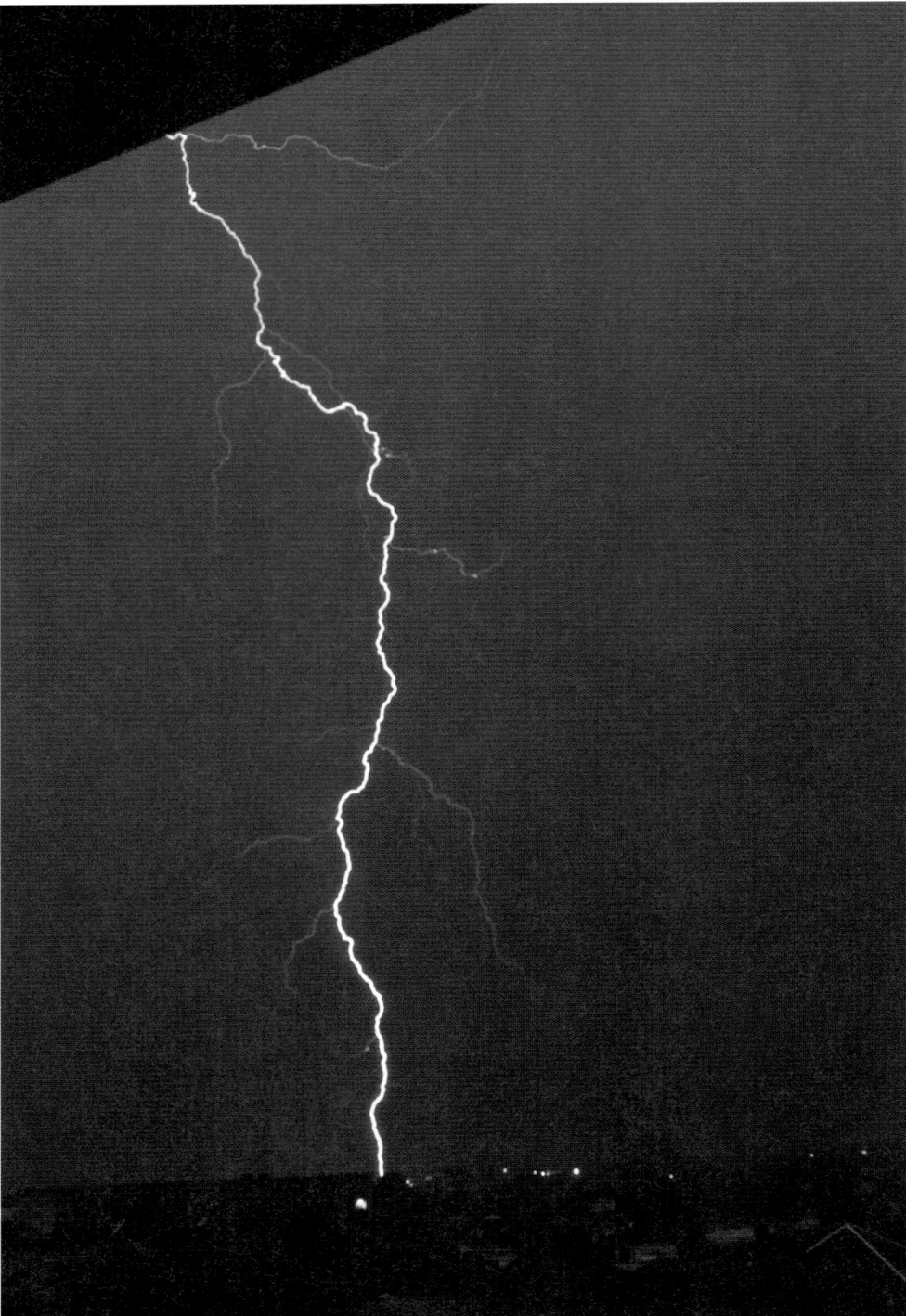

번개

밤새 번개가 치고 천둥이 울더군.

슬쩍 빗발이 비칠 때도 있었지만 마른하늘이었어.

난 밤새 창문 앞에 앉아 번개와 천둥이 하늘을 찢는 모습을 보고 있었지.

땅을 때리는 대신,

프놈펜의 번개는 먹구름 사이를 지분거릴 뿐이더군.

내가 기다린 것은 땅을 때리는 번개였지.

프놈펜의 검은 땅을 갈라버리는 그런 번개를.

잠을 자지 않고 나는 기다렸어.

땅을 가르는 번개를.

시침은 3을 가리키고 밤부터 조바심으로 붉어졌던 얼굴이 하얗게 변하고 눈꺼풀이 절반쯤 감겼을 때.

떨어졌어.

번개가.

허공을 가르며.

순백의 굵은 선을 부르르 떨며.

백만 볼트의 힘으로.

프놈펜을 강타했어.

순간적으로 나는 숫자를 헤아리기 시작했지.

하나……

둘을 세기 전에 번개의 음파가 허공을 찢고, 음압이 호흡을 막고, 때맞추어 거센 바람이 창문을 흔들었지.

그리곤 아무 일도 일어나지 않았어.

번개가 할 수 있는 일이 아니었던 것이야.

서울이여…….

꽃나무에
적다

都無看花意
偶到樹邊來
可憐枝上色
——爲愁開

꽃구경 뜻은 도시 없었는데
수풀가에 우연히 이르렀네
가련해라 가지 위의 색조
하나하나 수심 때문에 피었군.

「꽃나무에 적다」(題花樹), 양형(楊衡)

가족

몬돌끼리의 밀림을 벗어난 후 나타난 센모노롬
의 구릉은 초지에 가까웠다.

화전이 남긴 초지이다.

날은 흐렸고 세차게 부는 바람은 매서울 리
는 없었지만 맨살엔 서늘했다.

구릉 너머에서 한 아낙이 아이들과 함께 걸어오고 있
었다.

근처에 민가라곤 보이지도 않는데.

어디에서 시작해 어디로 걷고 있는 것인지.

알 수 없었다.

우울

예전에 문익환 목사가 감옥에서 체득한 파스 요법을 두루두루 포교한 적이 있었다.

신신파스 한 갑과 작은 가위 하나를 가지고 어디가 말썽인지를 묻고는 파스 조각을 비법에 따라 꾹꾹 눌러 붙여주었다.

한 번은 문익환 목사의 파스 시술 현장에 그만 걸려버렸다.

"자네는 어디가 아픈가?"

그날따라 아픈 곳이 하나도 없었다.

"……그냥 좀 우울한데요."

"우울하다?"

그랬더니 파스 조각이 코밑에 붙었다. 시급히 조각을 떼낼 생각으로 꾀를 부렸다.

"……이젠 우울하지 않은데요."

"거짓말 하지 마라. 거울을 봐야 풀리지."

라따나끼리의 무슬림 마을의 이 소녀를 보았을 때 문득 그 생각이 떠올라 그만 웃고 말았다. 내 웃음이 아이의 두통을 조금이라도 가라앉혔으면…….

얌과 카사바

베트남의 구찌터널에 가면 구찌의 해방전 선 게릴라들이 주식으로 했다던 삶은 얌 을 관광객들에게 제공한다. 논이나 밭처 럼 보이는 땅은 미군의 공습을 받기 십상이었지만 덩굴식물 인 얌을 심은 곳은 그래도 폭격에서 피하기가 쉬웠다. 얌은 또 척박한 땅에서 사람의 손길 없이도 잘 자란다. 얌의 맛은 고구마와 감자를 섞은 것 같지만 가늘고 길며 섬유질이 뻣 뻣한 편이다. 단맛이 없지만 그래서 오히려 담백한 편이다. 우리의 덩굴식물인 마〔山藥〕와 흡사하다.

스텅드럼에서 반룽을 잇는 19번 도로는 라따나끼리의 밀림을 가로지르는 험한 길인데, 밀림 지대를 빠져나올 때 쯤이면 도로변에 화전으로 일군 개활지들이 이어진다. 가끔 씩 나타나는 집들 앞에는 속이 새하얀 구근들을 토막내 말 리고 있는 모습이 줄을 이었다. 문득 얌이 떠올랐다.

아무리 얌을 재배할까? 밀림을 뒤로 물린 길가의 개활 지에는 구근의 주인공들이 대나무처럼 가는 줄기를 하늘을 향해 뻗고 있었다. 키는 2m를 넘지 못해 밀림에서 자생할 수 있는 식물은 아니었다. 작물의 이름은 카사바이다.

원산지가 남아메리카인 카사바는 아프리카로 전래되었 는데 오랫동안 식량작물이자 구황작물이었다. 동남아시아 로 전래된 후에도 쌀을 주식으로 하는 지역적 특성 탓에 카 사바가 식량작물로 대우를 받지는 못했을 것이다. 그런 카 사바가 지금은 동남아시아 곳곳에 모습을 드러내고 있다. 식량작물이 아니라 산업작물로서이다. 에탄올의 원료로 카 사바 구근의 전분이 이용되기 때문이다. 때문에 주로 외국 의 자본들이 재배지를 찾아 헤매는데, 밀림에서 화전을 일

구는 빈한한 농민들에게 카사바는 흔치 않은 환금작물이다. 덕분에 캄보디아의 오지라고도 할 수 있는 라따나끼리의 밀림에도 카사바 밭들이 줄을 잇고 있다. 카사바는 여전히 구황작물인 셈이다.

리아

사실은 다슬기 종류였지만 흔히 소라라고 부르던 군것질거리가 있었다. 삶은 소라는 번데기와 함께 아이들 군것질의 양대 산맥이었다.

끝을 잘라놓은 그 소라는 밑을 한 번 빨고 위를 빨아야 제대로 빨렸다. 이게 베르누이의 법칙이었던가? 아님, 소라의 법칙?

리아는 엄지손톱 만한 크기의 민물조개 이름인데, 아이들이나 어른들이나 즐겨먹는다. 뾰족하지 않고 우렁이처럼 생겼기 때문에 이쑤시개로 뽑아먹는다. 소금물에 적당히 삶아 볕 아래 말린 리아는 어른 한 주먹 정도에 500리엘. 리어카 위에 좌판을 얹고 리아를 쌓아놓은 행상은 줄어드는 추세이긴 하지만, 프놈펜 어디서라도 종종 볼 수 있다.

프놈펜 중앙역 뒤, 벙깍 호수과 철로변 사이의 빈민촌은 리아 행상들의 주거지라고 할 수 있다. 아침이면 철도변을 따라 리아 리어카들이 줄을 이어 시내 곳곳을 향한다.

묵 默
시 示

프랜시스 코폴라의 영화 「지옥의 묵시록」은 휘하의 부대를 이끌고 캄보디아의 밀림으로 잠적한 커츠 대령을 암살하라는 지령을 받은 미군 정보부 윌라드 대위의 로드무비, 아니 리버(River)무비이다.

이때 커츠 대령이 은거한 것으로 설정된 캄보디아의 밀림은 라따나끼리의 밀림이란 것이 정설처럼 굳혀져 있다. 베트남 접경이란 조건을 충족시켜야 하기 때문이기도 하지만, 강 때문이기도 하다. 윌라드는 강을 거슬러 올라 커츠 대령의 은신처에 도착한다. 베트남과 접해 있고 밀림이 있으면서 강이 흐르는 곳은 라따나끼리이다.

라따나끼리에는 두 줄기의 강이 흐른다. 똔레산과 똔레스라폭. 베트남 쪽을 원류로 하고 있는 강이 똔레산이다.

똔레산이 흐르는 밀림 너머로 해가 떨어지고 쪽배를 탄 어부는 집으로 돌아가고 있다.

아, 묵시…….

(앞쪽)똔레산의 노을.

아침

반룽의 늦은 아침.

　걸어 걸어, 채소 몇 점을 넣은 바구니를 등
에 지고 아침 일찍 해가 뜨기 전 마을을 떠났을
할머니는 이제야 반룽에 도착했다.

　시장 초입에 자리를 깔 할머니는

　어찌 되었든

　늦은 오후가 되기 전에 자리를 털 것이다.

　해가 지기 전에 집으로 돌아가기 위해.

예
의

아, 어린 소 한 마리가 방금 마을 사람들 앞에서
황천길에 올랐습니다.

2007년 이슬람의 이드 알아드하(희생제)는
서력으로 2006년 12월 30일에 시작했습니다. 마침 여행길
에 캄보디아의 무슬림 마을을 지나친 날은 12월 31일이었
지요. 이 마을에서는 경제적으로 여의치 않아 황소를 잡을
수는 없고 형편이 되는대로 어린 소를 희생했습니다.

비쓰밀라(하느님의 이름으로). 듣던 대로 깨끗하게 단
번에 목을 땄습니다. 옆의 노인은 그림이 대부분인 아랍어
책을 들고 일일이 훈수를 두었습니다.

아이들도 처녀들도 어린 소가 황천을 가는 길을 지켜보
았습니다. 아이들과 처녀들은 아무래도 표정이 밝지는 않더
군요. 소건 돼지건 목숨을 끊는 일이 유쾌하다고 할 수는 없
지요.

미국에서 소들이 어떻게 황천으로 가는지 어떤 다큐멘
터리에서 보았던 기억이 납니다.

허공의 컨베이어 벨트에 거꾸로 매달려 줄줄이 끌려가
며 버둥거리는 와중에 기계가 멱을 땄지요. 물론 부위별 해
체는 노동자들이 합니다. 미국인들은 그 불편한 장면을 떠
올리는 일 없이 매일처럼 소고기를 먹어대지요.

소를 잡으려면 그걸 먹을 사람들 앞에서 잡는 것이 진보
적인 문명이라는 생각이 들더군요. 그래야 황천으로 가는
소의 영혼에 대해서도 인사를 할 수 있지 않겠어요. 고기를
먹자면 생명에 대해 그쯤의 예의는 갖추어야 할 것입니다.
아이들 또한 그 예의를 배워야지요.

버터
플라이

남한을 대표하는 디자이너 앙드레 김의 패션쇼
가 앙코르와트 면전에서 열렸습니다.

알록달록한 조명이 천 년의 유적 앙코르와
트를 비춘 탓에 교교한 달빛이 황망해 하던 밤, 시엠립의 유
지들과 그 자제분들이 디너쇼에 초청을 받았지요.

나도 패션쇼를 직접 보기는 처음이었습니다.

뭐, 내 눈에는 좀 남세스럽더군요.

김희선 양이 치마 끝을 밟고 냅다 앞으로 고꾸라지는 불
상사가 있기는 했지만, 패션쇼는 반응이 말마따나 캡이었습
니다. 이제 막 상류층의 반열에 오른 부잣집 아가씨들 입은
벌어져 다물어지지가 않더군요. 이제 부모들한테 디자이너
옷 좀 사달라고 땡강 좀 부리겠지요. 그럼 이 아가씨들 부모
들은 또 등칠 곳을 찾아 더 열심히 두리번거릴 것이고.

이것 참. 버터플라이가 날개를 퍼덕이는 것도 아닌
데…….

하긴. 앙드레김의 앙코르와트 패션쇼에 등장한 옷들은
나비 날개처럼 보이긴 하더군요.

모델들은 열심히 퍼덕이고.

(왼쪽)2006년 앙코르-경주 세계문화엑스포
행사 중 앙드레 김 앙코르와트 패션쇼.

압사라

앙코르에 다녀오신 분들. 압사라는 부조로밖에 못 보셨지요.

가끔씩 앙코르에는 살아 있는 압사라^(힌두신화에 등장하는 천상의 무희)가 등장합니다.

함께 사진 찍으면 분위기가 좋습니다.

한데 한자리에 오래 있지 않습니다.

아니, 못하지요.

무허가라 걸리면 낭패거든요.

고작해야 현장 말단들과 수입을 나누는 처지랍니다.

앙코르에서는 숨 쉬는 것 빼고는 모두 돈과 관련이 있습니다.

혹시 보시게 되면 재빨리 함께 포즈를 취하세요.

압사라께서는 한자리에 오래 있지 못합니다.

그리고 살아있는 압사라께서는 사진 찍고 한 푼도 주지 않는 관광객들을 제일 싫어합니다.

대사관

프놈펜이 프놈펜이 된 것은 이 도시의 중심부에 위치한 작은 동산 때문이다. 펜 아줌마가 이 산 위에 사원을 세웠다고 해서 동산의 이름이 펜이 되었다. 프놈펜이란 펜 산(山)이란 뜻이다. 우리 눈에는 산이라고 하는 것이 어색하지만 프놈펜 주변에 이보다 높은 산은 없다.

2005년 12월에 주캄보디아 미국대사관이 바로 이 산 밑으로 이전했다. 확실히 이 아메리칸 친구들은 성격이 이상하거나 무슨 풍수지리와 같은 것을 절대적으로 믿는 친구들이 분명하다. 프놈펜을 대표하는 위치이기도 하고 정기가 어려 있다고들 하는 산인데, 하필이면 찾아서 그 앞을 막고 들어섰다. 프놈펜의 대사관 중 최대 규모를 자랑하는 한때의 식민지 본국 프랑스의 대사관도 이런 미묘한 위치에 자리를 잡지는 않았다.

프놈펜으로서는 재수 옴 붙었다고 하겠다. 아시다시피 전세계의 미국대사관이란 것들이 얼마나 테러를 겁내는 척하는가. 길 하나를 통째로 점거하고 콘크리트 말뚝을 세워놓았다.

미국대사인 조지프 무소멜리(Joseph Mussomeli)의 이전 기념 오프닝 멘트를 들어보자.

"프놈펜은 아시아에서 가장 아름다운 도시 중의 하나입니다. 캄보디아 정부가 이런 고귀한 자리에 새로운 대사관을 짓도록 해주어서 영광입니다. 처음부터 끝까지 프놈펜 시청과 시장인 켑 축테마의 협조는 환상적이었습니다. 우리의 목표는 새로운 대사관이 이 특별한 도시에 아름다움 하나를 더할 수 있도록 하는 것이었습니다."

여러분 사진에서 그 아름다움을 감상하시라. 경비들이 가로막아 몰래 찍어야 하는 사진이다.

김형욱과 헹포

2006년 7월 23일 인상이 별로 좋지는 않은 중년의 크메르 사내가 프놈펜국제공항을 떠나 싱가포르로 향하는 비행기에 도망치듯 몸을 실었다. 전 프놈펜 경찰서장이었고 훈센의 개인보좌관인 헹포(Heng Pov)라는 사내였다. 전직 프놈펜 경찰서장에 훈센의 개인보좌관이었다면 평범한 사내일 리가 없으며 선량한 인간일 리도 없다. 훈센이 거느린 악당 중 상위 그룹의 멤버임이 분명하다.

그런 헹포가 사라진 후 프놈펜에는 온갖 루머가 난무하기 시작했고, 아니나 다를까 일요일인 8월 20일 한 일간지

전 프놈펜 경찰서장 헹포.

에는 프놈펜 지방법원이 2003년 판사인 속 세타모니(Sok Sethamony)의 살인 혐의로 헹 포의 체포영장을 발부했다는 뉴스가 톱으로 실렸다. 이른바 헹포 스캔들의 시작이었다. 이날 이후 프놈펜의 종이 값은 헹포가 좌우했 다. 헹포의 소식이 실린 날의 일간지 판매부 수는 2~3배를 기록했으니까.

체포되어 캄보디아로 압송된 헹포.

8월 20일 프놈펜의 일간지에 헹포의 소식 이 실리기 전 8월 초순부터, 헹포는 이미 싱가 포르에서 자신이 연루되었던 더러운 일들에 대해 입을 열고 있었다. 가장 중요한 증언은 1995년과 1997년 평화적인 군 중집회에 수류탄을 투척한 천인공노할 두 건의 정치 테러에 대해서였다. 1997년 3월 20일 야당인 크메르국민당(KNP) 의 국회 앞 집회에서 두 명의 사복을 입은 괴한이 두 차례에 걸쳐 4개의 수류탄을 던진 이 사건으로, 20명이 현장에서 즉사했고 117명이 부상을 입었다. 1995년 9월 민주불교자 유당의 당대회 전야에 괴한이 수류탄이 던져 30여 명이 부 상을 입은 사건이 터진 후 18개월 만이었다.

프랑스의 『렉스프레스』(L'Express)와 가진 인터뷰에서 헹포는 1995년 훈센이 야당의 민주화 요구를 끝장내기 위 해 특별한 모임을 직접 조직했으며 자신과 경찰총장인 혹 룬디(Hok Lundy) 또한 참여했다고 말했다. 1997년의 수류 탄 테러 당시 헹포는 수류탄을 투척한 사복의 괴한 두 명이 훈센의 집을 향해 도주했고 추격한 결과 두 명 모두 훈센의 경호원인 것을 확인했다고 증언했다. 헹포는 증거로 둘 중 한 명에게서 수류탄 투척이 훈센의 명령에 의한 것임을 증

언한 2003년의 녹음테이프를 갖고 있다고 말했다.

헹포는 또 쿠데타 당시인 1997년 7월 7일 내무부 장관이었던 호속(Ho Sok)의 살해에 대해서도 자신이 목격한 생생한 증언을 내놓았다. 헹포는 싱가포르대사관으로 보호를 요청하기 위해 가던 호속이 경찰에 체포되어 내무부로 끌려온 후 그곳에서 경찰 소속인 6명의 경호원들에 의해 사살되는 것을 목격했다고 증언했다. 헹포는 경호원들에게 혹 룬디로부터 호속을 사살하라는 명령을 받았다고 들었으며, 혹 룬디와 훈센이 위성전화로 긴밀한 연락을 가졌다고 말했다. 훈센이 유독 호속의 살해를 챙겼던 이유에 대해 헹포는 통치 비밀에 해당하는 증언을 내놓았다(당시 훈센계의 국방장관이었던 닉 분 치하이는 목숨을 건졌다).

헹포가 마약관리국장으로 재직하던 1997년 쿠데타 직전인 4월 캄보디아의 남부 항구인 시하눅빌의 화물선에서 노르웨이로 가는 두 개의 콘테이너에서 7톤의 대마초가 발견되었다. 훈센에게 선을 대고 있는 사업가 몽 레쓰티(Mong Reththy)가 소유주였다. 푼신펙계의 내무부 장관인 호속이 몽 레쓰티의 체포를 지시했고, 격분한 훈센은 직접 헹포에게 몽 레쓰티가 무관하다는 기자회견을 할 것을 지시했다. 헹포는 서류를 위조해 푼신펙계의 경찰 간부인 차오 소콘(Chao Sokhon)을 범인으로 몰았다. 이 사건 때문에 훈센이 쿠데타 당시 호속을 살해하도록 지령했던 것을 확신한다고 헹포는 증언했다.

1999년에 캄보디아를 떠들썩하게 했던 여배우 피세쓰 필리카(Piseth Pilika)의 죽음에 대한 헹포의 증언은 훈센의 추악한 사생활을 정면으로 건드렸다. 경찰청장인 훈센의 심

복 혹 룬디가 자신의 정부이던 피세쓰를 훈센에게 상납했
고, 훈센이 그녀와 놀아나자 이를 눈치 챈 훈센의 부인 분
라니(Bun Rany)가 혹 룬디에게 압력을 가해 그녀를 살해하
도록 했다는 것이다. 경악스럽게도 헹포는 호속을 살해한
경호원 중 한 명이 그녀를 총으로 사살했다는 증언을 담은
녹음테이프도 가지고 있다고 말했다.

증언은 점입가경이었다. 2004년 자유노조연맹 위원장
인 체 비체아(Chea Vichea)가 툴콕의 거리에서 사살당한
사건을 무고한 두 명에게 덮어씌우라는 명령을 받아 실행했
다는 증언과 2005년 혹 룬디가 국유지를 두고 자신과 다투
던 내무부장관 누쓰 산(Nuth Saan)을 암살하라는 명령을
직접 내렸다는 증언이 잇달았다.

이게 이른바 김형욱의 캄보디아 버전인 헹포가 캄보디
아에서 도망친 후 토해낸 훈센 독재의 실상이다. 여배우 피
세쓰에게서는 정인숙의 냄새가 풀풀 나고, 박정희가 중앙정
보부를 내세워 벌였던 정치 테러와 공작이 좀 거친 버전으
로 그대로 재현되는
느낌을 받을 수밖에
없다.

물론 증언에서도
알 수 있듯이 프놈펜
경찰서장이었던 헹포
는 중앙정보부장이었
던 김형욱 급은 아니
다. 그러나 정보장교

 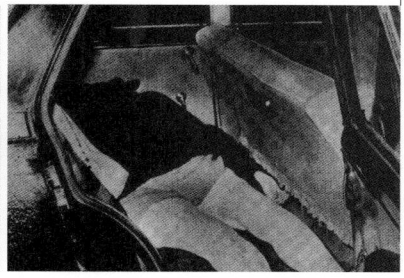

(왼쪽)생전의 정인숙. (오른쪽)1997년 3월 17일 승용차에서 살해된 채 발견된 정인숙의 모습.

출신의 박정희가 일찍이 정보부 조직에 눈을 떴던 것에 반해, 게릴라 출신인 훈센은 정보부 체질은 아니었다. 훈센의 권력 기반은 군과 경찰로 이원화되어 있다. 따라서 경찰은 박정희 시대의 경찰보다 높은 위상을 가지고 있으며, 그걸 상징하는 인물이 헹포의 진술에 거듭 등장하는 경찰청장 혹 룬디이다. 이 자야 말로 김형욱에 비견할 만한 권력을 휘두르고 있으며, 훈센 독재의 대들보 중 하나이다. 1979년 베트남에서 훈센과 만난 혹 룬디는 훈센의 조카와 결혼했으며, 1994년 이후 경찰청장의 자리에 올라 최고의 실력자로 행세하고 있다. 혹 룬디의 딸은 훈센의 아들 중 하나인 훈 마니와 결혼해 인척 관계를 만들었다.

헹포와 김형욱이 폭로한 훈센과 박정희의 더러운 죄악은 독재자들이 탐닉하는 '공포정치' 의 실상을 보여준다. 모든 독재는 공포와 혼인하여 다중의 입에 방성구(防聲具)를 채운다. 공포 없는 독재란 허깨비에 지나지 않는다. 훈센이 무식하다는 비난과 조롱을 감수하면서도 철권을 자임하고 상소리를 내뱉고 외눈을 부라리는 이유는, 자신의 권력을 유지하기 위한 공포의 중요성을 체득하고 있기 때문이다. 죽여버리겠다고 협박하고 또 시범적으로 몇몇은 죽여버린다. 박정희가 훈센보다 덜 야만적이었다고는 생각하지 말기 바란다. 남산 중앙정보부의 지하실에서 죽어나간 사람은 몇이었던가. 하다못해 김영삼도 초산 세례를 받아야 했으며 김대중은 현해탄에서 수장될 두려움에 몸을 떨어야 했다. 박정희는 좀 은밀하게 훈센은 좀 터프하게 일을 치르는 것으로 스타일과 성품의 차이일 뿐이다.

　　9월 1일 헹포는 싱가포르를 떠나 말레이시아 쿠알라룸
푸르에 도착했다. 그곳에서 유럽이나 호주에 망명할 자리를
알아보던 헹포는 10월 3일 말레이시아 이민국에 전격적으
로 체포되었으며, 다음 날 캄보디아에서 급파된 요원들의
손에 넘겨진 후 추방당했다. 훈센의 요구를 받아들인 말레
이시아는 국제적인 비난을 받았지만 묵묵부답으로 일관했
다. 12월 헹포는 살인 혐의로 18년형을 선고받았다. 헹포를
동정할 여지는 없다. 헹포의 손에 억울하게 죽어나간 자들
도 부지기수였을 테니까. 톱밥 써는 기계에 갈려나갔을지도
모른다는 실종자 김형욱에 비한다면 헹포는 감옥에서라도
목숨을 부지하고 있으니 형편이 낫다.

도덕 1

여자들이 돈을 위해 몸을 팝니다.

이런, 게으른 년들.
공장 노동자가 될 수 있는데 몸을 판단 말이야.
거리에서 구걸이라도 할지언정 몸을 팔아.
굶어 죽을지언정 몸을 파냐고 말이야.
비도덕적인 년들.

멋진 주장인데요.
눈물이 핑 돌 정도로.
이번엔 거기 그 분도 한 말씀.

"자본주의 사회에서 부자는 대체로 가난한 사람보다 더 도덕적이다. 부자는 우선 성실하고 부지런하고 신뢰성이 강하므로 부자가 되었다. 즉 도덕적이기 때문에 부자가 되었다는 이야기이다. ……가난한 사람은……대체로 게으르고 무책임하며 신용이 떨어진다." **(조갑제)**

도덕 2

"박정희는 정권 안보의 첨병인 중앙정보부를 통해 국민의 감시가 미치지 못하는 숱한 영역을 확보하고 있었다. 이러한 것들 중에는 궁정동 안가를 위시하여, 은밀한 시간을 보낼 수 있는 다양한 장소도 포함되어 있었다. 박정희는 그같은 장소에서 서민형 지도자라는 공개된 이미지와는 정반대되는 사치와 향락을 만끽하면서 방종한 생활을 영유했다. 특히 그의 문란한 여성 편력은 '자고로 영웅은 주색잡기에 능해야 한다' 는 말을 입증이라도 하듯 가히 엄청날 정도였다고 한다. 10 · 26 당시 김재규와 행동을 같이 하다가 체포된 중정 의전과장 박선호는 법정 최후진술 과정에서 이렇게 증언하고 있다." (『남산의 부장들 1』, 김충식, 1992, 191~192쪽)

"박대통령은 궁정동 안가를 만들기 전에는 위장번호를 단 승용차로 밤나들이를 하곤 하였다. 당시에는 박종규만이 야행 시간과 장소를 아는 '천기' 에 속했다. 육여사는 별도의 정보망으로 야행을 감시, 꼬투리가 잡히면 박경호 실장에게 따지고 심한 부부싸움을 하곤 했다. 그러나 모두가 못 본 체 모른 체하고 넘어갈 수밖에 없는 노릇이었다. 박대통령은 스태미나가 절륜했고 상대는 두세 차례 만난 뒤 꼭 바꾸었다.

박정희의 문란한 여성 편력은 부인 육영수가 비명에 간 뒤 한층 더 심해졌다. 궁정동 안가에서 사흘에 한 번꼴로 '대행사' , '소행사' 로 불리는 미녀 파티가 열렸고, 측근들의 주된 임무는 '채홍 충성' 속에서 박정희에게 '은밀히 즐길 수 있는 기회' 를 마련해주는 것으로 전락하기까지 하였다. '각하를 위한 채홍사' 였던 박선호가 법정 최후진술에서 '저기 걸린 달력에 나온 미녀 모두가 안가를 다녀갔다' 라고 진술한 부분은 문제의 심각성을 짐작하게 해주고도 남음이 있다." <small>(『박정희 실정 백서』, 「박정희와 부패문제」, 오유석, 2000, 71쪽)</small>

검사가 "주점에서도 차분하게 얘기할 수 있지 않으냐"고 묻자, 그는 "검사님 술집 안 가보셨죠? 옆방에서 밴드로 노래 부르는데 조용하게 얘기가 되겠습니까"라고 되물었다. 피해자들을 몇 대나 때렸느냐는 질문에는 "검사님 권투 잘 아십니까? 권투처럼 이렇게 (허공에 주먹을 휘둘러 보이며) '아구' (턱)를 돌렸다는 겁니다"라고 말해 방청석에서 웃음이 터져 나오기도 했다.

김승연 회장은 경호원에게 폭행을 지시한 부분에 대해서 "피곤했기 때문에 때리라고 했다"고 말했다가 검사가 "때리다가 지쳐서 피곤했느냐"고 묻자 "그렇게 보실 수도 있고⋯⋯"라며 부인하지 않았다. 왜 피해자들의 눈 주위를 집중적으로 때렸냐는 질문엔 "(피해자들은) 아들 또랜데, '맞짱' 뜰 수는 없는 것 아닙니까"라고 답했다. 북창동 S클럽에서는 아들에게 "빚진 만큼 갚아라"며 폭행하게 했다고 말했다.

조선생, 지면관계상 그만 할랍니다.

도덕 3

'리나'라는 예명으로 16살에 큰 인기를 얻었던 가라오케 가수(가라오케용 비디오에 출연하는 가수로, 한때 캄보디아에서는 가수의 유일한 활동 무대였다) 탓 마리나의 인생이 한순간에 어둠으로 바뀐 것은 1999년 12월이었다. 1명의 중년 여인과 5명의 경호원이 난입해 무자비한 폭력을 가한 후 탓 마리나는 의식을 잃었고, 중년 여인은 혼절한 그녀의 얼굴에 5리터의 염산을 부었다. 이 무자비한 테러로 그녀는 얼굴을 비롯해 전신의 43%에 화상을 입었다. 그녀는 이듬해 베트남으로 건너간 후 미국으로 건너가 현재 시애틀에서 살고 있다.

중년 여인은 훈센의 고문이며 국무회의 차관인 스베이 시타의 부인 쿤 소팔로 경찰과 법원에 의해 확인되었다. 탓 마리나는 쿤 소팔의 남편인 스베이 시타의 정부였다. 쿤 소팔은 체포되지 않았고 뒤로도 별일 없었다.

1999년 7월 6일 캄보디아의 유명 영화배우이며 댄서인 피세쓰 필리카가 프놈펜의 시장인 프사오르세이 인근에서 세 발의 총탄을 맞고 쓰러졌다. 사흘 뒤 그녀는 병원의 수술대 위에서 숨을 거두었다. 프랑스의 시사주간지 『렉스프레스』는 피세쓰 필리카의 살해를 지시한 것은 훈센의 부인이며 캄보디아 적십자사 총재인 분 라니이고, 피세쓰 필리카는 훈센의 정부였다고 보도했다. 사건 뒤 프랑스는 피세쓰 필리카의 인척 20명에 대한 정치적 망명을 허용했다. 『렉스프레스』의 보도 후 훈센은 명예훼손으로 『렉스프레스』를 고소하는 등 소동을 벌였지만, 2006년에는 프놈펜 경찰서장이었던 헹포의 증언이 뒤이었다.

힘 있고 돈 있는 자가 어린 정부를 두는 것이 마땅한 권리이며, 그 자의 부인이 정부에게 염산을 뿌리거나 살해하는 것이 의무가 되고 있다. 권력층의 수뇌가 보인 이 시범에 따라, 2000년대에 들어 염산 뿌리기는 권력층 부인들에게 유행이 되다시피 해 이후 피해자들이 속출했다.

격
정

듣자하니까 힘 있고 돈 있는 작자들이 주로 노리
는 대상이 연예계 종사자들이라는데, 그 중에는
압사라 댄서들도 포함이 된답니다.

그 동네
사회주의

자본만 국경을 넘는 것이 아니라 인민
들도 국경을 넘습니다.

　프놈펜에서 시엠립에 이르기까지
매음굴에는 베트남 여자들이 절반에 이릅니다.

　중국 여자들도 진출해 있습니다.

　요즘 그 동네 사회주의 공화국들은 국제연대를 이런 식
으로 합니까?

무장

프놈펜의 츠로이창와 다리 앞, 프랑스대사관 맞은 편, 로터리 중앙에 뜬금없이 불쑥 서 있는 탱크만 한 크기의 권총을 보면 대개는 의아하게 생각한다. 게다가 총신은 묶여 있다.

정체를 밝히자면 2001년에 세워진 이 권총기념상은 1998년부터 본격적으로 시작한 훈센 정권의 불법무기 소탕 캠페인의 일단락을 기념하는 것이라고 할 수 있다. 30년 내전의 여파로 캄보디아에는 조금 과장한다면 총기류가 농기구보다 흔했다. 소총인 AK47, M16은 물론 남찐이라 불리는 45구경 중국제 권총, 수류탄, 지뢰, 심지어는 로켓포에 이르기까지. 도둑 잡는 데에 지뢰를 쓰기도 했으니까.

훈센이 쿠데타 후 무엇보다 먼저 손을 댄 것이 민간인들이 소지하고 있는 무기류를 압수하는 일이었다. 1998년 훈센은 올림픽 스타디움에 압수한 무기류를 쌓아놓고 불도저로 깔아뭉개는 퍼포먼스를 연출했고, 이후 법을 앞세워 시중에 퍼진 무기류의 씨를 말리기 시작했다. 이 권총기념상은 그 성과를 기념하고 있다. 총신이 묶인 이유는 그 때문이며, 눈에 잘 띄지는 않지만 기단의 부조를 자세히 보면 군중들이 빈손으로 서 있고 그 앞에 소총들이 널브러져 있다.

이후 전국적으로 총기사고는 주로 군인, 경찰, 권력층 자녀, 세도가의 경호원, 뭐 이런 친구들이 자행하고 있으며, 질도 무척 나쁘다. 예를 들면 술에 취해 교통사고를 낸 권력층 자제분이 AK47을 난사했다든가, 육군 장교가 나이트클럽에서 권총을 난사했다든가, 야당 인사나 노조 위원장을 암살했다든가 등등이다. 그렇다고 이런 일로 처벌을 받았다는 소식은 일절 없다. 차라리 총기가 일반에 널리 보급되었을 때에는 이런 일이 적었다는 분석이다.

　"두번째 특징은 자기 자신을 무장력으로서 조직하는 주
민과 더 이상 직접적으로 일치하지 않는 공권력의 설립이
다. 이 특수한 공권력이 필요한 것은 계급으로의 분열 이후
주민이 자주적으로 행동하는 무장 조직이 불가능해졌기 때
문이다.……이러한 공권력은 어느 국가에나 존재한다. 공
권력은 무장한 사람들로만 이루어진 것이 아니라, 씨족사회
에는 없었던 물적 부속물, 즉 감옥과 온갖 종류의 강제 시설
들로도 이루어졌다." 　　　(『가족, 사유재산 및 국가의 기원』, 엥겔스)

아이들

어른들은 집을 잃을 판이어서 수심이 가득한데 아이들은 아이들이다.

이미 헐려버린 데이 크라옴의 집터 앞에서 웃고 떠들고 소란을 피운다.

아이들은 아이들이다.

그리곤,

세상을 알자마자

눈빛들이 변해가지.

(아래)강원도 화천군의 수해로 무너진 집 복구 현장 앞에서 공부하는 아이들(1970).

소

소야.

풀이 천지에 널렸는데 왜 그리 야위었니.

너도 네가 사는 나라를 걱정하고 있니?

쯔쯧.

그건 사람들이 걱정할 일이니.

널랑은 네 몸이나 보살피고 힘이 있으면 다른 소들이나
걱정하렴.

발전

훈센의 인민당 당사 앞에는 베트남의 캄보디아 침공 27주년을 기념하는 포스터가 붙어 있습니다. 박정희가 반공을 우려먹은 만큼은 아니지만, 베트남 괴뢰정권 수상 출신인 훈센이 그나마 정통성에서 목을 매달고 있는 것은 폴포트의 학정으로부터 캄보디아 인민을 해방시켰다는 것입니다.

그래도 자기 나라가 침략당한 날을 기념한다는 건 좀 그렇지 않느냐고요?

그건 그렇지요.

아주 궁할 때가 아니면 이 이야기를 대놓고 꺼내지는 않습니다.

그런데 언제부턴가는 아주 살판이 났어요.

가난으로부터 캄보디아를 구하신다.

개발하신다.

발전을 향해 맨발 벗고 뛰신다.

오직 이것만을 위해 사는 본인이라고 아주 목이 쉬었습니다.

예?

박정희 닮았다고요?

새삼스러우시긴.

앞에서 드린 말씀인데.

폭
탄

도로 공사 중에 발견된 2,000파운드짜리 불발탄
하나가 해체되어 7번 도로변의 기념물이 되었
다. 폭탄은 1968년부터 1973년에 이르기까지
캄보디아 동부를 불바다로 만들고 수십 만의 캄보디아 농민
들을 살해했던 미군의 비밀 폭격을 묵묵히 증언하고 있다.

　　그러나 그것으로 그만이다. 해체해 전시까지 해놓았지
만 미군의 야만적인 폭격에 대해서는 일언반구도 없는 것이
오늘의 캄보디아이다. 1968년에서 1973년까지 캄보디아의
동부를 불바다로 만들었던 미군의 비밀 폭격은 여전히 비밀
이나 다름이 없다. 불발탄의 제거를 위해 당시 미군의 폭격
위치를 담은 전자 데이터까지 등장했고, 실제로 불발탄의
해체 작업이 동부 전역에서 이루어지고 있지만, 가해자도
피해자도 그 야만의 역사에 대해서는 고개를 돌리고 있다.

　　망각의 늪 속에 빠져있는 한, 역사란 무의미의 덫에 걸
려 옴짝하지 못하는 가련한 들짐승일 뿐이다. 오늘 캄보디
아에서 훈센 독재는 그 덫을 지키는 한 마리의 야수이다. 박
정희 독재는 무상 3억 불을 받아들고 일제 식민지 시대의 역
사를 같은 종류의 덫에 물려두었다. 오늘 박정희 시대는 어
느 덫에 물려 있는가.

훈센 비치

칸보디아의 남부 항구도시이며 휴양도시이기도
한 칸퐁사옴(시하눅빌)에는 모두 6개의 해변이
있다. 오뜨레스, 오츄틸, 소카, 에카리치, 빅토리
그리고 훈센비치.

원래는 프렉트랭으로 불리던 해변이 훈센비치로 이름
이 바뀌었다. 훈센비치 옆의 해변도로는 훈센로(路)라고 불
린다.

음.

그렇군요.

자기 해변은 자기가 지키는군요.

(왼쪽)시하눅빌의 훈센비치.

밥

"밥이 하늘입니다. 하늘을 혼자 못 가지듯이 밥은 서로 나눠
먹는 것……밥이 하늘입니다. 아아, 밥은 모두 서로 나눠 먹
는 것."

（『밥』, 김지하）

아아, 말로만 나눠지는 게 밥이 아닙니다.

（아래）1968년 전라남도 장흥에서 시래기와
밀가루죽으로 하루 한 끼를 때우는 아이.

충 蟲

호주의 일간지 『오스트레일리안』은 2006년 11월 27일자 마크 도드(Mark Dodd)의 기사에서, 캄보디아의 지뢰 피해자 구호를 위한 호주의 원조금 중 80%가 국제원조단체들의 요원들에게 지출되고 있다고 전했다. 이른바 국제 엔지오(NGO)의 부패를 지목한 기사였다. 배꼽이 몸을 뒤덮고 있는 셈이다.

기사는 이름 있는 국제 엔지오의 국가별 책임자는 25만 달러 상당의 패키지를 받으며, 호화 저택과 승용차, 자녀들의 학비 등이 별도로 지불된다고 전했다. 이 점에 있어서는 유엔도 자유롭지 않다. 끊임없이 말썽이 되고 있는 유엔의 부패와 비효율성을 대표하는 문제는 막대한 예산을 이런저런 명목으로 지출하고 있지만 정작 자기들끼리 나누어먹는 데에 가장 큰 몫을 할애하고 있는 것이다.

캄보디아에 체류하고 있는 외국인들은 5가지 그룹으로 나뉜다.

1. 유엔 및 국제기구, 원조기구 그룹
2. 엔지오 그룹
3. 기업 주재원 그룹
4. 중장기 섹스 관광 그룹
5. 떨거지 그룹

1~3번은 대개 5~6만 달러 이상의 연봉을 받으며 저택과 승용차를 별도로 제공받는 계급이다. 기업은 그렇다 치더라도 유엔, 각종 국제기구, 원조기구, 국제 엔지오, 국제 구호단체, 부자 나라의 봉사단체 등에서 파견된 인간들이

당연스럽게 본국에서와 다를 것이 없거나 더 나은 수준의 생활을 영위한다. 쉴 새 없이 봉사와 구호를 떠들지만 정작 자신들을 원조하고 자신들에게 봉사하는 인간들로 익충인 지 해충인지가 모호한 군상이다.

독재와 경제

독재가 경제에 도움이 된다는 말은 사실이 아니다. 개발독재의 경우에도 다를 것은 없다. 캄보디아를 살펴보면 그것을 알 수 있다.

세계은행은 「국가별 경쟁력 보고서」(2005~2006)에서 캄보디아를 방글라데시 다음인 112위로 매겼다. 베트남은 81위를, 태국은 36위를 기록했다. 경쟁력이 낮다는 것은 투자 환경이 그만큼 열악하다는 것을 의미한다.

경쟁력 평가 항목은 14개로 캄보디아의 경우에는 80%가 문제점으로 부패(Corruption)를 첫번째 이유로 꼽았다. 다음으로는 비효율적 행정(55%), 숙련 노동력의 부족(46%), 인프라의 부족(46%)이 뒤를 이었다.

2006년 훈센이 국제적 압력 속에서도 '반부패법안'의 의회 상정을 거부하자, 일본은 원조공여국으로서의 자격을 내세워 공개적으로 불만을 표시했다. 캄보디아 주재 일본대사인 다카하시 후미아키(高橋文明)는 "훈센 총리가 만연한 부정부패를 단속하겠다고 약속했음에도 불구하고, 우리는 그동안 중앙정부의 고위 관리들 중 누구도 뇌물수수로 기소되거나 구속되었다는 소식을 듣지 못했다"며 반부패법안의 조속한 심의와 통과를 요구했다. 이렇게 난다긴다하는 경제 대국들이 훈센의 독재가 경제발전을 가로막고 있다고 틈만 나면 목청을 돋우고 있다.

그러나 2007년에 들어와서도 훈센은 반부패법안에 대해서는 벙어리 노릇을 하면서 말로만 부정부패 단속을 앵무새처럼 반복하고 있다.

독재가 구조적인 부정부패를 고착시키고 경제를 거덜 낸다는 것은 의심할 여지가 없다. 물론 일본, 중국, 호주 등 원조공여국과 세계은행 등이 입을 모아 훈센의 부정부패를 비난하고 척결을 요구하는 것은 캄보디아 민중을 위한 것은 아니다. 부정부패와 마찬가지로 만연한 인권 탄압, 표현의 자유, 정치 테러 등에 대해서 그들은 침묵을 지키고 있다. 독재는 자본주의적 경제발전에 심각한 장애물이지만, 원조 국들과 세계금융기구들이 우려하는 것은 외국 자본의 진출 과 이윤의 창출에 있어서 독재가 자본의 효율성과 합리성을 극도로 저하시키기 때문이다. 그러나 독재정권의 입장에서 부정부패란 사활이 걸린 문제이다. 독재의 인적, 물적 기반 은 부정부패를 통해서만 가능하기 때문이다. 박정희를 미화 하는 인간들이 주장하는 경제의 관점에서도 독재란 장애물 일 수밖에 없다.

박정희 독재를 두고 경제발전을 들먹이는 일처럼 우스 운 일은 없다. 남한 노동자와 농민은 독재에도 불구하고 온 갖 희생을 감내하며 경제성장을 이루어냈다. 서글픈 일이 다. 그 힘을 독재를 일찍 종식시키는 데에 썼다면 남한의 현 재는 좀더 나아졌을 것이다. 오늘 남한의 경제를 보라. 박정 희 독재의 부정부패 속에 이권을 독점하며 성장한 재벌은 공룡이 되었고, 빈부격차는 하늘을 찌르고 있으며, 전체 임 금노동자의 55%가 넘는 845만 명의 노동자가 비정규직 신 세를 면치 못하고 있다. 박정희의 망령이 살아 있는 한, 이 수렁에서 벗어날 길은 없다.

프롱 두 바싹

(Front Du Bassac)

프놈펜 바싹 강변에는 바야흐로 허물어져 가는 흉물스러운 아파트 건물이 서 있다. 강물이 흐르는 방향을 따라 평행으로 길이가 300미터에 달하는 이 아파트 건물은 프랑스로부터 독립한 캄보디아가 현대식 도시계획을 수립하고 1962년에 건설한 최초의 서구식 공동주거 건물이었다. '프롱 두 바싹'으로 불리던 이 아파트 건물은 공교롭게도 나와 같은 해에 태어나 묘한 친밀감을 자아냈다.

캄보디아를 대표하는 건축가인 반 몰리반(Vann Molyvann)이 설계한 프롱 두 바싹은 콘크리트를 사용한 서구식 공동주거 건물로, 캄보디아의 전통적 양식과는 거리가 멀어도 한참 멀지만, 겉모습과는 달리 감탄할 만한 특징을 갖고 있다. 첫째는 바싹 강에서 멀찍이 떨어져 300미터에 달하는 건물 전체가 강을 정면으로 바라보도록 설계함으로써 자연적인 환기와 채광이 가능하도록 한 점이다. 지금은 난개발로 앞뒤가 막혀버렸지만, 건축 당시에는 툭 터져 있어 콘크리트 건물임에도 불구하고 강바람이 건물 내부를 순환한 후 빠져나가면서 실내 온도를 조절할 수 있었다. 또한 전통적인 크메르 주거 방식을 고려해 부엌을 주거 공간 밖의 발코니에 두기도 했다.

1963년의 제3회 동남아시안게임의 개최를 희망했던 캄보디아가 선수촌으로 염두에 두기도 했던 프롱 두 바싹에는 개최가 무산되자 프놈펜의 공무원들과 교사들이 입주했다. 더는 이런 종류의 건물이 프놈펜에 등장하지 않은 것으로 보아서는 인기를 얻지는 못했던 것으로 보인다. 1975년 크메르루주의 프놈펜 함락 직후 단행된 인구소개(人口疎開)로 프롱 두 바싹 역시 사람이 살지 않는 곳이 되어야 했다. 프롱 두 바싹이 인기척을 찾은 때는 베트남의 캄보디아 침공 후인 1980년대에 들어서였다. 그 이후로 프롱 두 바싹과 주변의 삼복참과 데이 크라옴은 프놈펜의 빈민촌이 되었다.

프롱 두 바싹 주변의 땅값은 이미 천정부지가 되어 평방미터당 800달러를 호가하고 있다. 프롱 두 바싹과 강변 사이에 만들어졌던 삼복참과 데이 크라옴의 빈민촌들은 이미 철거되었으며, 토지는 건설 자본의 손으로 넘어갔다. 다음 차례는 프롱 두 바싹의 빈민들이다. 프롱 두 바싹의 빈민들은 모두 그 사실을 알고 있다.

45년을 버텨오면서 시하누크 정권의 전성기와 론놀 쿠데타, 민주캄푸치아, 베트남의 침공과 괴뢰정권 시대 그리고 훈센 독재에 이르기까지 바싹 강과 함께 캄보디아 현대사를 묵묵히 지켜보았던 프롱 두 바싹 역시 이제 바싹 강변에서 그 익숙한 모습을 감추게 될 것이다.

프놈펜에 있으면서 가끔씩 나는 별일 없이 이 건물을 찾았다. 어두운 계단을 오르고 끝이 없을 것처럼 길고 검은 복도를 천천히 걸으면서 나는 고등학교 시절 늘 지나쳤던 청계천 황학동 삼일아파트의 어두운 복도와 남루한 계단을 떠올리곤 했다. 둘 모두 이제 기억 속에서만 존재한다.

(아래)철거되기 직전 황학동 삼일아파트의 모습. 강제 철거에 반대하는 플래카드가 걸려 있다.

강변에서

바싹 강변의 왕궁 뒤로 해거름이 깔리고, 바싹과 똔레삽이
합수하는 삼각주로 정크선들은 돌아오고, 나는 콧노래를 흥
얼거리며 순이를 기다렸다네.

　　서산에 붉은 해 걸리고 강변에 앉아서 쉬노라면
　　낯익은 얼굴이 하나 둘 집으로 돌아온다
　　늘어진 어깨마다 퀭한 두 눈마다
　　빨간 노을이 물들면 왠지 맘이 설레인다
　　……
　　바람은 어두워 가고 별들은 춤추는데
　　건너 공장에 나간 순이는 왜 안 돌아오는 걸까
　　높다란 철교 위로 호사한 기차가 지나가면
　　강물을 일고 일어나 작은 나룻배 흔들린다
　　아이야 불 밝혀라 뱃전에 불 밝혀라
　　……

　　「강변에서」 중, 김민기

프놈펜

1953년 캄보디아는 프랑스로부터 독립을 쟁취했다. 1958년 캄보디아는 프놈펜의 노로돔로(路)와 시하누크대로(大路)가 만나는 교차로의 중앙에 독립기념탑을 세워 그것을 기념했다.

독립기념탑의 동편에는 프놈펜에서 가장 큰 공원이 조성되어 있다. 훈센공원이다. 역시 독립기념탑이 자리 잡고 있는 교차로의 북쪽에 훈센의 집이 있다. 생각보다 웅장하지 않은 것에 실망하지 않기 바란다. 훈센이 대부분 머물고 일을 보는 집은 프놈펜 외곽의 탁마우에 있다.

1979년 베트남군은 캄보디아를 침공하고 괴뢰정권을 수립했다. 1989년 철군할 때까지 베트남군은 10년 동안 캄보디아에 병력을 주둔시키고 점령했다. 독립기념탑에서 그리 멀지 않은 곳, 왕궁의 옆에 그 침공과 점령을 기념하는 베트남-캄보디아 친선기념탑이 세워져 있다.

(왼쪽)베트남-캄보디아 친선기념탑.
(아래)프놈펜에 있는 독립기념탑.

무화과
나무 뿌리
앞에서

앙코르(Angkor). 당시의 크메르인들에게 이 도시는 달가운 존재는 아니었을 것이다. 이 위대한 문명은 고대 중국과 이집트, 페르시아, 로마, 잉카와 마야가 그랬던 것처럼 대역사(大役事)를 필요로 했을 것이고 다수의 크메르인에게 노역은 불가피했을 테니까. 앙코르의 성취는 온전히 그들의 피와 땀 위에서 일구어졌다.

모든 고대 문명이 그랬던 것처럼 앙코르 역시 쇠퇴해 밀림 속으로 무너져버렸다. 목재는 썩어 사라졌고 돌들은 남아 무화과나무 뿌리에 휘감겼다. 프랑스 식민주의자들이 밀림 속의 돌들을 모으고 조합해 복원하기 시작한 지 130년의 세월이 흘렀다. 앙코르의 사원들은 한때의 제 모습을 찾고 있다. 인간의 손으로 창조된 천 년 전의 앙코르 문명은 경의를 넘어서 경외감을 불러일으킨다. 앙코르의 지배자였던 모든 '브라만'들에게가 아니라, 그 어디에도 흔적조차 남길 수 없었던 모든 크메르의 건축가들과 석공들, 노역자들이 남긴 예술적 성취에 고개를 숙일 수밖에.

천 년 전의 위대한 문명이 남긴 유적들이 우리에게 말하는 것은 무엇일까. 그것이 인류의 성취라는 것을 부정할 수는 없어도, 문명은 다수를 제물로 삼아 소수가 집착한 탐욕의 허망함을 일깨워준다. 스스로 신이 되고자 했던 한 인간의 욕망에 숨어 있던 것은 지배와 권세, 신왕의 탐욕이었을 것이다. 무너진 돌들을 찾아 이끼를 지우고 다시 세워 올린다고 해도 문명이 남긴 것은 탐욕의 허망함이다. 진시황은 불로하지 못했고, 파라오들의 미이라는 황금관에서 쫓겨

프놈쿨렌 사원 벽의 부조.

베이욘의 사면상.

나 유리관 속에 갇혀 있거나 사막의 모래더미 아래 깔려 있
다. 아스텍과 마야, 잉카, 페르시아와 몽골의 지배자들은 고
원의 잡초와 사막의 모래 아래에서 형해조차도 남아 있지
않다. 위대한 것은 오직 자연과 시간일 뿐이다.

　언제부터인가 앙코르의 유적을 앞에 설 때마다 나는 그
것을 깨닫는다. 밀림의 무화과나무 아래 서면 실처럼 드리
워진 뿌리들을 볼 수 있다. 그 뿌리들이 경배하는 것은 오직
태양과 땅일 뿐이다. 그 사이에 놓인 인간의 어떤 구조물도
무의미하다는 것을 타프롬의 무화과나무 뿌리에 휘감긴 사
원의 폐허들이 말해주고 있다. 어떤 문명이 밀림의 나무와

앙코르톰의 끌리앙(창고).

풀들, 사막의 모래바람을 이겨낼 수 있었던가. 그러므로 우
리가 돌아봐야 할 것 가운데에는 탐욕과 권세, 지배의 무망
함이 빠질 수 없다.

1998년 처음 시엠립과 앙코르 유적지를 찾았던 때를 기
억한다. 시엠립은 작은 도시였다. 좁은 강을 따라 30분쯤을
걸으면 끝에서 끝에 이를 수 있었다. 시엠립은 내전의 상흔
이 아로새겨진 도시였다. 공항으로 향하는 도로변에는 내전
에서 숨진 베트남 병사들과 캄보디아 괴뢰정부의 병사들이
묻힌 묘지가 남아 있었고, 크메르루주의 근거지인 안롱웽으

로 가는 길은 대전차지뢰와 대인지뢰가 가로막고 있었다.

프놈꿀렌에서 시작해 앙코르를 지나온 시엠립 강은 강둑 밑으로 깊게 가라앉아 천천히 흘렀고 해가 지면 도시는 어둠 속으로 침잠했다. 도시는 그렇게 깊은 상흔을 어루만지며 휴식하고 있었다. 인적이 드물었던 밀림 속의 앙코르는 자연과 시간의 광포한 힘, 그리고 내전의 참담함으로부터 눈을 돌리고 다시 천 년의 고요 속으로 돌아가려는 것처럼 보였다. 총성이 사라진 시엠립과 앙코르 그리고 밀림을 쓰다듬고 평화와 안온이 있었다. 그러나 그 평화와 안온함은 단지 바람일 뿐이었다. 내전에서 벗어난 시엠립과 앙코르에는 다시금 독재와 자본의 광포한 그늘이 드리워졌다.

번듯한 호텔이라고는 서너 개에 불과했던 시엠립에는 이제 90여 개의 호텔이 영업 중이고 150여 개로 늘어날 것으로 전망되고 있다. 내전이 끝났을 때 고작 1~2만 명이었던 시엠립의 인구는 이제 15만 명에 달하고 있다. 2006년 캄보디아를 찾은 170만 명의 외국인 중 160만 명은 앙코르 유적지를 방문하기 위해 캄보디아를 찾았다. 외화수입에서 2위를 차지하고 있는 관광수입은 대부분이 앙코르 유적지에서 흘러나오고 있다.

프놈펜으로 향하는 6번 도로는 포장이 끝났고 이제 우기에도 어려움이 없이 차가 달릴 수 있다. 시엠립 외곽의 6번 도로변 땅값은 평방미터당 300~900달러를 호가하고 있다. 시엠립 강변에 모여 살던 빈민들은 외관이 흉하고 하수를 흘려 강을 오염시킨다는 명목으로 6km 떨어진 곳으로 추방당했다. 정작 시엠립 강을 더 이상 아이들이 헤엄을 칠 수 없도록 똥물로 만든 것은 특급호텔들에서 정화하지 않고

반테이스레이의 탑.

흘려보내는 오수 때문이다.

인근의 농촌에서 농민들은 대책 없이 시엠립으로 몰려들고 있다. 앙코르 유적지가 만들어낸 관광 붐은 진공청소기처럼 농민들을 빨아들여 도시빈민으로 전락시켰다. 오직 현금인 막대한 입장권 수입은 그 종착역을 알 수 없다. 투기 붐이 불어 닥치기도 전에 요지의 땅들은 힘 있는 자들의 독차지가 되었다. 아이들은 앙코르 유적지를 돌아다니며 관광객들에게 손을 내밀며 구걸을 하고 있으며 부모들은 쫓겨 다니며 노점이나 행상을 하고 있다. 건설 노동자들은 일당 1~2달러에 목을 매고 있다.

번듯한 호텔들은 모두 외국 자본으로 지어지고 운영되고 있다. 세계적 명성의 특급호텔 체인들이 세계적 수준의 객실 요금을 청구하는 호텔을 시엠립에 등장시켰으며, 태국과 화교 자본들이 시엠립으로 밀려들었다. 관광산업은 3만여 개에 달하는 일자리를 창출시켰다고 말하지만 과실의 대부분은 자본의 주인에게로 송금되고 있다.

시엠립이 그런 개발의 불빛으로 휘황한 가운데 앙코르는 빠르게 죽어가고 있다. 연 백만 명이 넘는 관광객들의 발 아래 천년을 버틴 사암은 닳아 흙으로 돌아가고 있고 백화현상으로 석상들에 흰 반점이 피어 번지고 있지만, 입장료 수입에 눈이 먼 모리배들과 이윤에만 뜻을 둔 관광 자본은 외눈 하나 끔쩍하지 않는다. 밀림 속에서 살아남아 인간의 손으로 레고처럼 맞추어진 앙코르 유적은 다시금 탐욕의 재물이 되었고 이제 백 년이나 버틸 수 있을지 의심스럽다.

반테이스레이.

앙코르와트.

　앙코르를 처음 만난 지 10년이 지난 후 백화(白花)로 얼룩진 앙코르의 유적 앞에 서서 나는 결국 무화과나무의 뿌리 아래 휘감길 자본과 개발의 탐욕을 본다. 어떤 탐욕이 밀림의 나무와 풀들, 사막의 모래바람을 이겨낼 수 있었던가. 당대가 아니면 후대에라도 우린 알게 될 것이다.

사람은
살아간다

짬빠나무를 본 적이 있으세요.
일 년 내내 꽃을 떨굽니다.
일 년 내내 꽃을 피웁니다.
짬빠나무 아래에는 늘 눈처럼 흰 꽃이 잘린 대가리처럼
흩어져 있어요.
희고 흰 짬빠꽃.
캄보디아 어디에서나
떨어지고
피어납니다.
짬빠의 통속(通俗).
꽃은 떨어지고, 피어나고
사람은 살아갑니다.

방
물

대나무바구니를 실은 자전거들이 길가에 서 있
다. 자전거의 주인들은 길가에 앉아 잠시 쉬고
있다. 보름에서 한 달 동안 전국을 돌아다니는
방물장사들이다. 물건이 죽제품인 것을 보면 캄퐁톰 출신들
이다. 토기를 수레에 싣고 다니는 방물장사들은 대개 캄퐁
치낭 출신들이다.

　「메밀꽃 필 무렵」의 허생원처럼 나귀라도 끌고 다니련
만 발품에 의존하고 있다. 하긴 평야 지대가 대부분이니 가
파른 고개를 오를 일은 없을 것이다.

　끄라마^{캄보디아의 전통 스카프}를 목에 두른 아이는 아버지를 따라
나선 것일까.

형

형이 있으면 좋을 텐데.

늘 생각하곤 했습니다.

힘센 놈들한테 주눅이 들거나 가끔씩 얻어터져야 할 때
면 더욱 그랬습니다.

그땐 왜 그 생각을 못했을까요.

내 동생에게 난 형이었는데.

비

캄보디아에선
비를 피할지언정
또는 우비를 뒤집어쓸지언정
스콜이 쏟아질 때에는 아무도 우산을 쓰지 않습니다.
쓸데없는 짓이란 걸 알기 때문이지요.
그냥 젖는 것이 속 편한 일입니다.
모두가 그걸 압니다.
그런데도
자전거까지 탄 그녀는 우산을 쓰고 있군요.

어른들을
위하여

어깨를 건
어린 친구들.
웃음 잃지 말고
희망을 주세요.
작은 손으로 집보다 큰 소를 다룰 수 있는
지혜와 용기를 주세요.
어른들에게.
여러분들의 미래를 위해
힘을 잃지 않고
살아갈 수 있는 힘을 주세요.

벙익라옴
(익라옴호수)의
평화

70만 년 전에 화산이 폭발한 후 또 무진 세월이 흘러 밀림 한가운데에 둥근 호수가 만들어졌다. 백두산의 천지나 한라산의 백록담처럼 분화구에 만들어진 호수이지만 산정(山頂)에 자리 잡고 있지 않고 평탄에 가까운 산지의 밀림 속에 자리 잡고 있어 신비롭다.

어떤 사람들은 호수의 깊이가 50m라고 말하지만 어떤 사람들은 아무도 그 깊이를 모른다고 한다. 아닌 게 아니라 지름이 800m에 달하는 호수는 수정처럼 투명하게 보이지만 심연의 바닥을 볼 수는 없다.

구름과 푸른 하늘이 내려와 가라앉은 고요한 호수를 보고 있으면 이 세상에 평화란 것이 존재하고 있음을 느끼게 된다. 행복한 일이다. 자신이 바라고 있는 것이 무엇인지 알 수 있다는 건. 게다가 자신이 바라는 것을 위해 무엇을 해야 할지 알 수 있다면 또 얼마나 더한 행복일까.

2006년
11월
프놈펜에서

2006년 11월 남한의 대통령이 캄보디아를 방문하던 때 나는 프놈펜에 있었다. 기자단이 놀랄 만큼의 환대였다는 보도가 있었는데 사실이었다. 내가 프놈펜에 머물고 있는 동안 태국 수상과 룩셈부르크 대통령 등 서너 차례 외국 정상의 방문이 있었지만, 이번 한국 대통령의 방문과 비교한다면 초라하다고 말할 수밖에 없다. 그러나 달갑지 않은 나흘이었고 착잡한 나흘이었다. 전례 없던 대대적인 교통 통제로 엉망이 된 프놈펜 시내와 건기의 땡볕 아래 동원된 아이들이 흘리던 구슬땀 때문만은 아니었다. 내 머리는 어제와 오늘의 캄보디아와 남한이 뒤섞여 산란하고 또 한편으로는 우울했다.

캄보디아의 경제성장을 떠받치고 있는 것은 물밀듯이 쏟아져 들어오는 차관과 원조, 섬유산업 부문의 해외 직접투자, 그리고 덧붙인다면 앙코르와트의 관광 수입이다. 그러나 그것이 어떤 꼬리표가 붙은 돈이건 상관없이 결국은 훈센의 집권 인민당을 위시한 한 줌 권력층의 아가리 속으로 사라지고 있다. 예컨대 지난 6월 세계은행은 캄보디아에서 진행되고 있는 일곱 개의 프로젝트 중 6천4백만 달러 규모의 3건을 중단하고 이미 종료된 4건에 대해 1천1백9만 달러의 배상을 요구하겠다고 발표했다. 프로젝트와 관련된 43건의 계약이 실질적 부정과 관련되었다는 것이 이유였다. 세계은행과 관련된 스캔들뿐 아니라 캄보디아로 유입되

2006년 프놈펜 정상회담에서의 노무현과 훈센.

는 차관과 원조의 60퍼센트 이상이 모두 이런 식으로 사라지는 것으로 추정되고 있다. 특히 정부 수입의 50퍼센트 이상을 차지하고 있는 해외 원조금은 말 그대로 독재정권의 일용할 양식으로 전락해 있다. 그 현실은 163개국 중 151위를 차지해 버마와 함께 아시아 최하위를 기록한 국제투명성기구의 부패지수가 상징적으로 드러내고 있다. 이런 나라의 권력층이 어떻게 버틸 수 있을까. 군부에 기반한 훈센의 잔혹한 반민주적 철권통치가 비결이다.

　내가 프놈펜에서 만난 한 지식인은 공여국들이 캄보디아에 대한 차관과 원조를 중단해야 한다고 단호한 어조로 말했다. 차관과 원조가 가난한 사람들에게 도움이 되기보다는, 오직 한 줌의 권력층을 비대하게 살찌우고 있으며 그들의 부정하고 부패한 권력을 강화시키고 있다는 이유였다. 그는 쓸쓸하게 말했다. "차관과 원조를 중단하면 먹을 것을 잃어버린 인민당의 늑대들은 모두 캄보디아를 떠날 것이고 우리의 미래는 좀더 나아질 것이다"라고. 결국 캄보디아의 경제성장이란 대다수 국민들과는 아무런 상관없는 권력층의 독점적 숫자놀음일 뿐이라는 것이다. 그런 그의 눈에 내전이 끝난 90년대부터 쏟아져 들어오고 있는 일본의 무유상 차관과 원조, 최근 급증하고 있는 중국의 천문학적인 차관과 원조는 독재정권과 결탁해 다만 시장의 선점만을 노리는 동시에 극심한 빈부격차를 부추기는 불온한 자금의 행렬일 뿐이다.

이 대열에 언제부터인가 남한이 끼어들고 있다. 이미 1억 달러에 가까운 경제개발 협력자금을 지원했다. 2005년 5천만 달러에 불과했던 직접투자액은 2006년에 10억 달러를 넘어서 관광객 수와 함께 1위를 차지했다. 2006년 11월에 도시 이해할 수 없었던 훈센의 환대를 나는 이듬해 이 급변한 통계수치를 보고 얼마간 이해할 수 있었다. 공교롭게도 베트남의 경우 역시 2006년 남한의 투자 총액은 22억 달러를 넘어서 1위를 차지했다. 인도차이나의 야만적인 두 독재국가를 향해 진출하고 있는 남한 자본의 행진은 아득한 현기증을 동반했다. 역사는 가해와 피해의 자리를 바꾸어 반복되고 있었다.

훈센의 환대에 남한의 대통령은 "외국에 나오면 대접받는다"는 기괴한 소감을 피력했다. 대접받는 남한의 대통령은 훈센과 그 밖의 독재정권의 핵심 인물들을 두고 "캄보디아의 지도자들이 국민의 존경을 받고 있다"며 부러움을 표시했다. 뭘 바랐던 것일까? 남한을 방문해 전두환을 만난 레이건이라도 되기를 바랐던 것인가? 레이건이 전두환을 만나 남한의 민주주의를 칭송했던 1983년 우리가 그랬던 것처럼, 훈센 독재에 대한 몰상식한 찬양은 캄보디아인들의 수치심과 분노를 자극했다.

아마도 현실외교란 그런 것이라고 말할 수 있을지도 모르겠다. 그러나 다른 어떤 나라도 아닌 남한이, 그토록 오랜 기간 군부독재 통치에 고통받아왔고 지난한 세월을 감내하며 민주주의를 향해 힘겨운 걸음을 떼어왔던 우리가, 아시아의 가장 부정하고 부패하며 잔인한 군부독재정권을 지원할 수 있다고 인정해야 하는 것일까. 시장과 경제의 이름으로 그들의 이미 터질듯 부른 배에 달러를 우겨 넣고 그들에게 외교적 축배를 들게 함으로써 남한이 걸어왔던 그 고통의 역사가 아시아의 또 다른 나라에서 재현되도록 고무하고 협력할 권리를 남한이 부여받 았다고 생각해야 하는 것일까. 나는 그렇게 생각하지 않는다. 도덕적인 이유에서 뿐만 아니라 그 길의 종장은 결코 제국주의의 꿈을 이룰 수 없는 하위제국주의의 필연적 파탄과 맞닿아 있기 때문이다.

캄보디아 약사

1863년 후발 유럽제국주의인 프랑스는 코친차이나(남부 베트남)의 식민화를 완료하고 캄보디아를 보호령으로 만들었다. 이후 독립에 이를 때까지 90년 동안 캄보디아는 프랑스의 식민 통치에서 벗어나지 못했다.

뒤이어 프랑스는 안남과 통킹(북부 베트남)을 식민지로 만들었고 식민지들을 묶어 프랑스령 인도차이나 연방을 구성했고 1893년에는 라오스를 포함시켰다.

2차 세계대전 중 캄보디아는 베트남과 마찬가지로 일본군의 지배 아래 있어야 했지만, 1945년 종전 후 프랑스의 식민 통치는 계속되었다. 국왕이었던 노로돔 시하누크의 주도 아래 캄보디아는 1953년 1차 인도차이나전쟁의 와중에 프랑스로부터 독립해 입헌군주제를 수립했다. 시하누크는 아버지에게 왕위를 물려주고 자신은 왕자의 신분으로 총선을 치러 수상이 되었다. 1954년 제네바협정으로 베트남이 남북으로 분단되자 시하누크는 중립을 고수했으며, 캄보디아는 1955년 반둥회의 이후 비동맹운동에서 지도적 위치를 점했다.

시하누크는 반대 세력을 탄압하는 철권통치를 펼쳤다. 1960년대 이후에는 공산주의운동 또한 탄압했다. 미국의 지상군 파병으로 베트남전쟁이 본격화되자 캄보디아에 대한 미국의 압력은 높아졌고, 1965년에는 캄보디아 영토에 대한 미군의 비밀 폭격이 시작되었다. 이를 계기로 시하누크 정권은 반미로 선회했다. 1968년부터 캄보디아 영토에 대한 본격적 비밀 폭격이 시작되었다. 베트남전쟁은 2차 인도차이나전쟁으로 발전했다.

1970년 시하누크의 외유를 틈타 CIA가 배후 조종한 론놀 쿠데타가 일어나면서 캄보디아는 친미 군부독재정권이 수립되었다. 시하누크는 베이징으로 망명했다. 론놀 군부독재정권은 베트남전쟁에 직접적으로 개입했다. 론놀 쿠데타를 계기로 캄보디아 공산당과 시하누크가 연합하면서 크메르루주의 무장 게릴라 투쟁이 본격화되었다. 미군의 폭격은 계속되었고 캄보디아 동부는 초토화되었으며 수십만 명의 농민들이 살해되었다.

1973년 미군이 패퇴한 후 크메르루주의 공세는 본격화되었고 1975년 4월 17일 크메르루주는 프놈펜을 함락시켰다. 캄보디아는 공산화되었고 민주캄푸치아 공화국이 수립되었다. 1960년대 이후의 베트남노동당과 캄보디아공산당의 불화는 인도차이나 혁명 이후에도 계속되었다. 캄보디아공산당은 베트남노동당의 패권적 입장을 인정하지 않았고 영토 문제 등을 제기했다.

미군의 폭격에 따른 농토의 초토화와 농업 노동력의 상실은 극심한 식량난으로 이어졌다. 그러나 대도시로부터 농촌으로의 대대적인 인구소개가 실시되었고 농업의 집산화와 공동취사 등 급진적인 공산주의적 정책이 실시되었다. 식량난은 해소되지 않았고 중국으로부터의 식량 지원이 있었지만 소량에 그쳤다. 캄보디아 전역에서 대규모의 아사가 발생했다.

베트남과의 국경분쟁이 계속되었고 1978년 동부여단에 대한 정치적 숙청이 시작되었다. 1979년 1월 베트남은 캄보디아를 침공해 캄보디아인민공화국을 세우고 헹삼린 괴뢰정권을 수립했다. 크메르루주는 태국 국경을 넘어 후퇴한 후 태국과 중국, 미국의 지원으로 베트남과의 게릴라 투쟁을 벌여 서부에 해방구를 마련했다. 이후 1991년에 이를 때까지 내전이 계속되었다. 한편 1985년 크메르루주 출신으로 외상이던 훈센이 괴뢰정권의 수상이 되었다.

소련의 몰락으로 경제적 위기에 직면한 베트남은 1989년 철군했고 철군을 전후해 파리평화회담이 본격화되었다. 훈센은 국호를 캄보디아국으로 바꾸고 사회주의를 폐지했다. 크메르루주와 시하누크의 푼신펙은 괴뢰정권의 회담 참여를 거부했지만 베트남의 비타협적 태도로 무산되었다. 1991년 평화협정이 체결되었다. 유엔-캄보디아과도정부(UNTAC)가 구성되었고 1993년 예정대로 총선이 치러졌지만 크메르루주는 이 선거를 보이콧했다. 선거에서는 시하누크의 아들인 라나리드가 이끈 푼신펙이 1위를 차지했다. 무력을 기반으로 훈센은 라나리드를 위협해 권력을 분점했다. 라나리드가 제1총리, 훈센이 제2총리의 자리에 올랐다.

1997년 훈센이 쿠데타를 일으켰고 라나리드를 축출해 군부독재 권력을 장악했다. 민주 세력에 대한 탄압과 정치 테러 속에 치러진 1998년의 선거에서 훈센의 인민당은 대대적인 부정선거로 승리했다. 이후 라나리드의 푼신펙은 훈센과 야합했고 권력의 일부를 분점했다. 라나리드는 국회의장의 자리에 앉았다.

2003년 총선에서 훈센의 인민당은 다시 승리했고, 2004년 훈센은 다시 총리에 임명되었다. 노동자, 농민, 민주 세력에 대한 폭압적 탄압이 일상화되었으며 부정과 부패가 만연한 가운데 빈부격차가 극심해졌지만, 군부와 경찰에 기반한 훈센 독재의 철권통치로 유지되고 있다.

톰

톤네까리

카라치   센모노롬

캄퐁참

수옹   메묫

캄퐁포폴

프레이 벵

이

메콩강

스베이리엥   바벳